竹斋听雨

孟庆武 著

中国文联出版社

图书在版编目（ＣＩＰ）数据

竹斋听雨 / 孟庆武著 . -- 北京 : 中国文联出版社，
2024.1
ISBN 978-7-5190-5352-9

Ⅰ . ①竹… Ⅱ . ①孟… Ⅲ . ①诗集－中国－当代
Ⅳ . ① I227

中国国家版本馆 CIP 数据核字（2024）第 010731 号

著　　者　孟庆武
责任编辑　胡　笋
责任校对　秀点校对
封面设计　朱晓辉

出版发行　中国文联出版社有限公司
社　　址　北京市朝阳区农展馆南里 10 号　　　邮编　100125
电　　话　010-85923025（发行部）　　010-85923076（编辑部）
经　　销　全国新华书店等
印　　刷　三河市华东印刷有限公司

开　　本　710 毫米 ×1000 毫米　　1/16
印　　张　15.25
字　　数　50 千字
版　　次　2024 年 1 月第 1 版第 1 次印刷
定　　价　52.00 元

一枝一叶总关情

——孟庆武《竹斋听雨》摭谈

孟庆武先生正待出版的《竹斋听雨》，系诗人2018年至2022年间新作600余首，其按体裁分类排序，为五绝、五律、七绝、七律和词五类。可见庆武兹集，俱系传统诗词经典律体。拜读学习其作，获益良多，就中感受最深者乃一"情"字。"诗者，志之所之也，在心为志，发言为诗。情动于中而形于言。"（《毛诗序》）又，"诗者，所以导达心灵，歌咏情志者也"（唐·魏徵等《隋书·经籍志》）。验之庆武诗作，前贤此言信而不诬也。兹举两端述之。

一、关心民瘼的济世情怀

见集名"竹斋"，首先让人想到清代著名诗人画家郑板桥脍炙人口的《墨竹图题诗》："衙斋卧听萧萧竹，疑是民间疾苦声。些小吾曹州县吏，一枝一叶总关情。"这首七绝是郑板桥任潍县县令时所作。画墨竹图而成竹在胸，风雨夜竹声入耳，竹影萦怀，诗人借竹抒怀，由闻竹声而念及民间疾苦之声，昼日理政攸关民生，夜晚萦怀仍系民瘼；诗句情景交融，蕴藉委婉，写作者心连民间、情系百姓，"一枝一叶"，一片深情。庆武作为地方领导，一如板桥道人，耽吟咏，善绘事，自命所居"闻竹斋"，可见其对"三绝诗书画，一官归去来"的郑板桥之倾心崇敬，也表明自己心系民众的崇高为政情怀。

请看庆武自己作诗所抒情怀：

闻竹斋

闻竹斋里看云翔，生雨生风理亦常。

格物方能担道义，真源何说在禅堂？

吾读此《闻竹斋》七绝，知其不仅追慕古贤而欲见贤思齐，而且更要站在巨人肩上，掌握为官一任为民造福之有效方法，要有超越古人的为民造福的能力："格物方能担道义，真源何说在禅堂？"即要格物致知掌握规律，方能采取正确方法而达致预期效果，而不是在禅堂求佛保佑所能奏效的。

再看另一首七绝：

于成都杜甫草堂（平水韵）

草堂虽小胜高层，足下丰碑孰可争？

掌上诗根终究浅，大山仰止路千程。

此作表达诗人对其河南前贤、独具家国情怀的诗圣杜甫的崇敬之情。"草堂虽小胜高层"，"草堂"与"高层"比对，达一语双关深意，既言杜甫草堂简陋却胜过高楼奢华，更显处江湖之远的草堂居民杜甫远逾居庙堂之高者，深具对诗圣忧国忧民精神的赞颂之忱。"足下丰碑孰可争？"一个问句力量千钧，杜甫以其忧国忧民、沉郁顿挫诗句筑起的丰碑，无人可与争锋。次联抒发步武前贤、任重道远的高怀远志。特奇者，吾从末句"路千程"与次句"足下"关联，读出"千里之行，始于足下"的急迫之情，尤服庆武诗句用词之高妙。

上面两首作品反映诗人学习前贤、踵事增华的淑世情志。"凡登高致思，则神交古人，穷乎遐迩，系乎忧乐……以数言而统万形，元气浑成，其浩无涯矣。"（明·谢榛《四溟诗话》）这两首作品概见闻竹斋主人神交古人、系乎忧乐、元气浑成、其浩无涯的济世情怀。

"诗之体与文异……取类于鸟兽草木之微，而有益于名教政事之大。"（明·李东阳《沧洲诗集序》）下面举庆武吟咏植物作品四首，来看诗人如何借景抒情，托物言志，寄托敦品穆行、济世致用的雅致高情。

莲

避世遁泥窝，乘风漾碧波。

出污身不染，入药苦无多。

该首咏莲作品，除吸收先贤诗文夸赞莲之出污泥而不染、濯清涟而不妖的一般意象意境，更有自己的新创意新境界。全诗采用拟人手法来书写莲之高洁形象，情中见景，情景交融。

该诗新创特出之处，尤见于首尾两句：首句歌颂莲甘愿主动身赴"泥窝"，表现出"遁世无闷"（《易经》）、"人不知而不愠"（《论语》）的君子品格，亦体现了佛教"我不入地狱谁入地狱"的勇猛精进担当精神。末句则用一个否定句，凸显莲这位高洁之士只担心自己作为治病救人的药物用处不多的济世精神。实际上，莲通身是宝，不仅莲藕可做美味食品，生熟皆可食用，莲花莲叶可做茶饮，而且花叶茎实皆可入药：莲花花蕾、莲子、莲心、莲房、莲须、莲叶、莲梗、藕节皆是中药宝贵药材。末句五字，内涵丰富，除了上述分析所及含义，其言外更寄托诗人关心民瘼之深情。细加品味，顿显中华传统诗词以少胜多、妙不可言，尤见诗人遣词命意之高超手段。

再看下面三首咏物作品：

棉花

洁白如玉净无瑕，骨肉能分殊可夸。

身价虽薄非爱富，寒中送暖苦人家。

草

丘陇原野草如茵，脚下何妨供踏春。

常道无名非灿烂，献身野火入清尘。

渔歌子·布朗茶树

不爱平川却爱山，抱团连片上云端。不争巧，好争先，永留清味在人间。

这一首小令两首七绝，从不同角度、用不同手法，写出各自甘于奉献、有益于人的精神品格。

"事难显陈，理难言罄，每托物连类以形之；郁情欲舒，天机随触，每借物引怀以抒之。"（清·沈德潜《说诗晬语》）由上述四首作品可见庆武托物连类、借物引怀，抒发了关心民瘼的济世情怀。

再看诗人用精美短章直接描写歌颂底层劳动者，或对其寄予深切同情：

担夫

无由蹑脚踏云台，巧遇山夫信步来。

担子挑回风四野，衣衫甩下汗一排。

怜牛

奋胫耕田不厌勤，一年收获起三春。

空中无月形何喘？缘是长鞭又打身。

临江仙·耕农

柳色青青澹荡，行人楚楚雍容。虚帘疏扫杏桃红。薰风送燕语，沃野事耕农。

已是朝夕伺种，非怜茅舍栖踪。随云随雨不无同。超然于物外，何著动天聪。

诗人用这些格律严谨、朗朗上口的短章佳作，艺术地表现了诗人关心民瘼的济世致用的高尚情感。

二、嘤其鸣矣的重友情怀

近十几年致力于当代诗词的出版工作，我经手审阅的诗词稿件不下三百种，其中个人诗词集约二百种，我对庆武书写友情的作品印象尤深：其数量之多，角度之广，反映现实，活色生香，不乏精品，绝无仅有。先请看三首作品。

第一首写迎客：

渔歌子·客来

敲门相呼已摁铃，脚重身乏步难行。呼老伴，喊从甥，许是异乡远来朋。

一首小令，短短二十七个字，描写出一幅"有朋自远方来，不亦乐乎"的生动画面——或许因劳累或生病诗人正在休息，门铃突响，来客相呼，虽脚重身乏却急忙起身，连忙兴奋地呼喊家人开门迎客：兴许是某某远方来客。末句"许是异乡远来朋"既溢于言表道出对远方朋友来访的惊喜之情，又表明诗人不能确定来客是谁，间接说明朋友很多，兴许最近在异乡访问过多位朋友并邀请对方来家做客。妙词一阕渔歌子，主人好客热情多。

再看第二首送别诗：

送友赴漠河

风吹襟带飘，秋尽雁归辽。

坐井观天小，登峰眼界高。

穷途须砺志，得意莫矜骄。

众乐非独乐，衣食寒暑调。

这首送友五律，除首联写秋风中送友的情景，其余三联皆写对朋友的嘱咐与关心：颔联通过坐井观天与登高望远对比，劝告朋友珍惜外出锻炼机会，原地不动犹如坐井观天眼界狭小，"非常之观常在于险远"，要有"会当临绝顶，一览众山小"的远大志向；颈联劝告朋友外出工作中注意，受挫失意时不要灰心，"穷且益坚，不坠青云之志"，成功得意时不要骄傲，"满招损，谦受益"；尾联则告诫朋友在外多交朋友与人同乐，还嘱咐朋友注意天气冷暖变化而调节饮食起居，保重身体。三联诗句，谆谆告诫，拳拳嘱咐，老友情谊，真挚感人。

第三首写拜访村庄老朋友：

早过故人庄

残月疏林卧，归鸿启远征。

风寒生旷野，露净洗琼瑛。

扫院开篱户，汲泉过鹫峰。

忙秋收趁早，农唤下西坪。

这首五律直陈其事，描写诗人秋天早晨拜访乡间老友的情景。前两联四句写所见清晨乡间秋景，疏林残月，云上征鸿，寒风旷野，金露霜菊，秋天的农村寒露初降，视野开阔。颈联两句写"故人"打扫院子开门迎接来客，去山上汲取泉水烧茶煮饭款待客人，"扫院开篱户"让人想到杜甫《客至》的名句："花径不曾缘客扫，蓬门今始为君开。""汲泉过鹫峰"则让人想起柳宗元《渔翁》的句子"晓汲清湘燃楚竹"，景象阔大，形象鲜明。尾联则写早晨农民出户相呼而下农田忙秋收的景象，又让人想起陶渊明《归去来兮辞》的句子："农人告余以春及，将有事于西畴。"只是将"春及"（春耕）改为"忙秋"（秋收）而已。全诗句句白描，而一幅幅"早过故人庄"所见之画面形象鲜活，生动丰富。

《诗经·小雅·伐木》："嘤其鸣矣，求其友声。相彼鸟矣，犹求友声。矧伊人矣，不求友生？"这大概是诗写友情的滥觞，更是比兴友情的经典。众所周知的孔子论诗名句："诗，可以兴，可以观，可以群，可以怨。"其中"可以群"可以从多方面解释，诗写友情无疑是其重要内容。古代抒写友情诗歌，窃以为最常见者乃"送别"，其最享盛名者，王勃《送杜少府之任蜀州》、高适《别董大》、岑参《白雪歌送武判官归京》、王维《送元二使安西》、李白《送孟浩然之广陵》、白居易《赋得古原草送别》，等等。这些诗歌的强感染力和高知名度，系古诗中最为脍炙人口的一类。因古代交通和通信条件所限，一时分别久难重逢，送别是让人动情伤感的时刻，由此产生许多千古传诵之佳作。当今时代不同了，随着科技进步经济发展，水陆空交通发达，手机网络通信便捷，虽然送别愈益频繁，别后重逢同样容易，特别是手机网络便捷，若论"天涯若比邻"，今天视频对话，远隔天涯如近在眼前，与唐代王勃当时的感觉感受自不相同。这种变化，庆武有《灞桥柳》一诗论及：

依依灞桥柳，疏瘦少人知。

从古赠别意，而今几入诗？

当今送别诗仍然还有，但是较之古代情况有别，古今送别的意象也有不同。我看庆武写友情的作品，更多的是"访友""寄友""遇友""邀友"，这个更具有现代感。这里不妨将题目罗列：《寄诗友》《遇友》《大梁山访友》《周庄遇友人》《寄友人二首》《访友》《郝堂村邂逅》《劝友》《怀友人》《生查子·访友人不遇》。其中作品充满诗意，尤其富有时代新意，下面列举两首与读者分享：

访友

结客携觞访逸才，推门不见问由来。

相答过午园中去，说是樱桃熟可摘。

访友人未见

烟雨交将容不开，久闻查济喜今来。

打来电话方知故，山上防洪身在差。

这两首作品有一个共同特点，就是时代感十分突出。

前一首写赴约访友，邀朋呼伴带上好酒，看来是早就邀约一起喝酒的，这酒肯定是收藏以备不时之需的好酒。但是和朋友一起来到主人家推门进去却不见人影。手机电话拨通才知，主人为了让朋友吃上最新鲜的水果，是抢在朋友来之前到果园摘樱桃去了。

后一首则是雨天访友，大概利用出差之便，偶然机会临时来拜访这位查济古镇的朋友，或者约好来访，但是因查济古镇依山造屋，傍水居民，山洪暴发，情况紧急，故朋友接到紧急通知上山防洪。"打来电话方知故"，这一首直接写"打电话"，却省略前面如何按照门牌号码找到朋友里巷住处的过程。前一首则"推门不见问由来"，既然不见人又如何问由来？只能是省略了"打电话"。所以，这两首作品，都是反映的时下人的生活，古人没有电话没有手机，是不可能有这种生活经历的。

"故不似则失其所以为诗，似则失其所以为我。李杜之诗所以独高于唐人者，以其未尝不似而未尝似也。知此者，可与言诗也已矣。"（清·顾炎武《日知录》）读庆武诗词，就如前文的分析，能够产生一种诗美享受中的"熟悉的陌生感"，其不少佳作，既有古典诗词同样的美感（"熟悉"），又有诗人自己独创的新意（"陌生"），渐臻"似与不似"之间之佳境。同样写送别，写访友，虽然大胆使用当今新词语，表现出时代新题材、新境界，但是仍然从中读到传统诗词的韵味，这正是诗人善于化古融今、守正创新的结果。

诗歌是语言艺术的精华，诗词格律是汉语诗歌艺术千百年锤炼的结晶，最能体现汉语的特点和优势。庆武的这些作品都是以熟练精到的汉语诗词格律的形式表达出来的，其语言之美、格律之美、意境之美、风格之美，皆已略见雏形，其成熟个人风格的形成呼之欲出，为期不远，拭目以待。

己亥（2019）之春，江岚兄主编六位诗友作品《相映集》，交中国书籍出版社出版，幸预编务，初识庆武其诗其画，印象颇深。该书六人，每人开篇前插书画一页，插页正面国画山水，背面为该篇第一首诗作书法，正可与右侧排印的该首诗作对照欣赏；扉页前插一页国画山水两幅，封面图亦用国画山水，书画插页皆铜纸彩印，故该书诗词与书画安排匠心独具，相映成趣，特色鲜明。九幅国画山水俱系庆武手笔，诗画兼善，多才多艺，令人钦佩。这次庆武欲出诗集，江岚兄推荐我作序，我未加思索即予应承，并非好为人序，乃因一则钦佩庆武擅国诗国画传统艺术且重情重友，二则我这个诗书爱好者可以先睹为快，得到学习的好机会。

这里将学习心得汇报一二，权且为序。

赵安民

2022 年 11 月 29 日于京华

目　录

七律 125

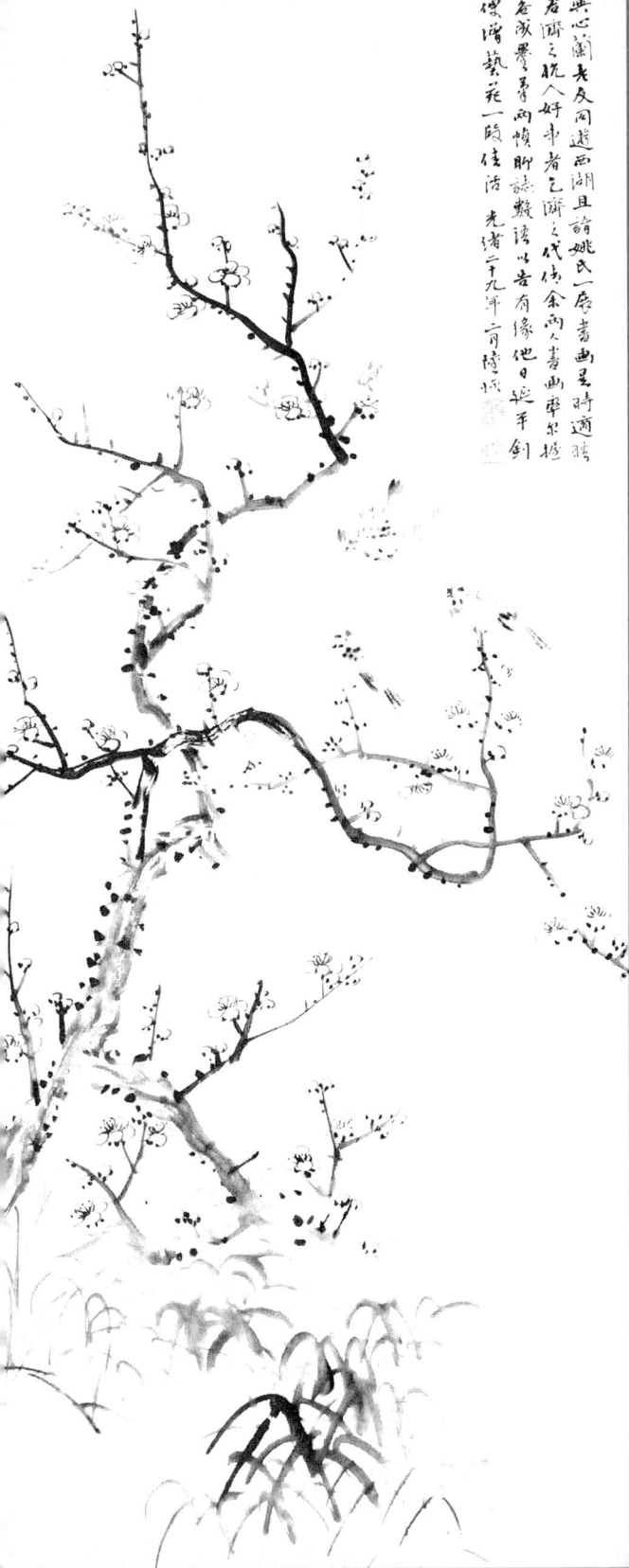

五绝

夜读

中夜虚堂静，书读第几章。

蛩声无辨处，明月上东窗。

二〇一八年七月二日

江中作（平水韵）

浩荡沧波里，云乘一谷风。

舟人凭左右，帆正直行东。

二〇一八年七月十二日

咏物二首

莲

避世遁泥窝，乘风漾碧波。

出污身不染，入药苦无多。

风

吹面栉青发，拂波推绿鸭。

入林惊宿鸟，越岭扫云霞。

二〇一八年七月十日

杏村

杏村临古渡，作客不因花。

趁得高风便，行舟向酒家。

二〇一八年七月二十四日

暮归

向晚天生雨，踏泥夜半归。

肩头飞闪电，身后老牛随。

二〇一八年八月十日

哄孩儿

汲水来清趣，取盆作小池。

放鱼竿在手，欲钓哄孩时。

二〇一八年九月二十一日

访本家

闲日城南去，渡河来本家。

门开人未见，一地玉兰花。

二〇一八年十月四日

山中

看花疑有声，听水月咚叮。

林岫烟岚绕，岩泉到底清。

二〇一八年十月十二日

自然

东西南北中，造化古今同。

花落非因雨，天然逞妙工。

二〇一八年十月十八日

观吴镇《山窗听雨图》

山色一斑见，匠心唯自知。

创元尚宗古，立派亦承师。

二〇一八年十一月二十六日

登孤山

孤山烟雨楼，多少故人秋。

五蕴归三界，自然非自由。

二〇一八年十二月十八日

乌镇

乌镇风光秀，枕流桥上妆。

比邻隔水望，远近棹声量。

二〇一八年十二月十九日

宿白沙沟闻寺鼓

开卷夜三更，山门答鼓声。

细听得良悟，点亮是心灯。

二〇一八年十二月二十八日

大雪

茫茫寂山籁，连日雪飞飘。

一色无深浅，混同难比高。

二〇一九年一月二十九日

年三十作（平水韵）

一

家家开盛宴，欢聚慰高堂。

莫道团圆月，不曾三十尝。

二

气清窗几净，设席宴同乡。

笑语呈春煦，团圆启百祥。

二〇一九年二月四日

读《传习录》（平水韵）

世上本无咒，佛心即众心。

灵犀通一点，乐受自推寻。

二〇一九年二月七日

消闲

消闲诚可贵，堪忆困时因。

花胜春能几，芳心属雅人。

二〇一九年二月七日

元宵节猜灯谜中奖

花灯隐北辰，烟火近天邻。

揭谜获全奖，喜分同路人。

二〇一九年二月十九日

访沈园未果

千里沈园至，何因门未开？
题墙词在否，留作客人猜。

二〇一九年三月六日

苔花

萌花石上苔，不妒杏桃开。
郁毓三千朵，隔年和雨栽。

二〇一九年三月七日

观抖音"千年牧道"即诗

犹寒风料峭，时令已周知。
随草迁游牧，山高春信迟。

二〇一九年三月九日

初闻蛙声成诗

一

娟娟花吐艳，姿致鸟翩翩。
独坐如虎踞，口开声满天。

二

檐下池一亩，三分何共持。

清眠人未醒，蛙鼓梦中织。

三

溪浅水清清，风深荷作声。

寻常混晚籁，时语尚堪听。

四

应律时节到，蛰苏蛙尽鸣。

回莺添小唱，有伴更痴情。

二〇一九年四月二十六日

说禅之什

浮世皆为客，清规非本缘。

无须入云寺，心净自参禅。

二〇一九年五月十三日

感"逝者如斯夫，不舍昼夜"

一

浮生何愦愦，时日太匆匆。

天地微尘里，江山风月中。

二

光阴孰可挡，气象毓高名。

对影成三老，何嫌白发生。

二〇一九年五月十九日

动物园观鹤

本是云中客，结邻作雀墙。

同科不同种，比翼咋飞翔。

二〇一九年七月一日

携行

携行五老峰，对饮花溪洞。

出月尔惊呼，来风为我用。

二〇一九年七月二十五日

嫦娥五号成功探月

月宫蟾兔藏，自古考休祥。

今探寻无见，近观非异常。

二〇一九年七月二十六日

约诗

更尽雨蒙蒙，隔帘觅雅踪。

发诗言有信，岂敢不由衷。

二〇一九年七月二十六日

泊舟夜宿

沙鸟已无多，收篷起棹歌。

泊舟息水上，入梦起风波。

二〇一九年八月十九日

过塔中野炊遇老乡

关山候雁翔，戈壁泛秋凉。

借具生炊火，方知是老乡。

二〇一九年八月二十日

五桥柳

依依五桥柳，疏瘦少人知。

从古赠别意，而今几入诗。

二〇一九年九月四日

沙鳥已忘
多收蓬迤
棹歌漁湖
息水之一夢
還風波
網以懶待蕭
文章泛泛
先儒長林
炊塵方知是
老鄉

癸卯主君...
重慶武生時
三玄
書印

独夜

独坐一灯冷，夜深人未归。

出门闻犬吠，街静满清辉。

二〇一九年十月二十二日

于芬兰堡炮台

鏖战苦当年，炮台犹可见。

烟波隐蜃楼，渺渺生荒幻。

二〇一九年十一月十六日

注：芬兰堡，是芬兰最具著名的景点，1991 年被列入《世界遗产名录》。

银杏道中

一日北风起，粼粼银杏黄。

尽传颜色好，谁念历寒霜。

二〇一九年十一月十七日

石雁一瞥

雕雁彭泽卧，清飙四面吹。

有形却无性，能看不能飞。

二〇一九年十一月十八日

赠木瓜

玫瑰香在手，带刺岂足夸。

报以非琼玖，予人是木瓜。

二○一九年十一月三十日

访书香阁得见佚名画三幅

藓书非可写，天趣自然成。

妙品藏玄奥，高低何论名。

二○一九年十二月八日

采风

择日上高层，白云脚下生。

奈何无眼界，到此不知名。

二○一九年十二月十一日

湖东赶早市

平湖夜清浅，残月影深悬。

赶市出行早，渔村灯火阑。

二○一九年十二月二十七日

采茶女

海内有佳人，临泽郭北住。
旦夕忙采茶，莫让春光误。

二○一九年十二月二十七日

口占

风忽花瓣飘，承兴动云韶。
口占得清句，留人配玉箫。

二○一九年十二月二十九日

读《华严经》留句

道言能不死，生灭是佛说。
谁可得真悟，当非报晓陀？

二○一九年十二月二十九日

雪

绵绵如卧云，采采日光侵。
浮梦寒穷岫，伴行足下音。

二○一九年十二月三十一日

年初三老街探亲偶成

曲巷二三里，街坊几酒家。

年节添喜庆，门挂上元花。

二〇二〇年一月三日

注：上元花，春节张贴于大门口的吉庆装饰画。

蜂巢化石（平水韵）

街头夜市以三百元购得一蜂巢化石。

石中三寸楼，虽小四时悠。

梦蝶不知醒，涅槃春复秋。

二〇二〇年一月五日

秋日山中闻寺钟

夜半风林静，钟声远近闻。

清霜侵月脚，宿鸟不关人。

二〇二〇年一月七日

友人酣睡戏作

寝兴时过午，美睡比陈抟。

若问何如此，心宽非在闲。

二〇二〇年一月二十四日

注：陈抟，人称睡仙。

别字小记

赏尝常不分，入境未经心。
若有此中误，惜诗莫怪人。

二〇二〇年一月二十七日

下乡

云掩水中日，风吹肩上春。
单车来代步，帮困下乡村。

二〇二〇年一月二十八日

牧归

牵风随犬牧，戴月叱犊归。
口占初成句，惊林宿鸟飞。

二〇二〇年一月二十九日

新雨

市喧沉小巷，雨落土生香。
伞下风无定，鸟踪云里藏。

二〇二〇年一月二十九日

吴楚杂咏十首

吴月

灯下抄章卷，阶前悬碧华。

参差影深浅，光透暖非加。

龙井村试茶

探古狮峰上，试茶龙井村。

见钱成买卖，顿悟不由人。

石门花店

石门连古巷，花店买花插。

雪友携书客，共栖廉士家。

杨浦大桥

如龙游水上，似岭卧长空。

水路连星路，接天通月宫。

西湖秋望

日照波摇滟，风推逐客舟。

青苍标物序，雁阵入云丘。

登黄鹄山

登高极目望，浩浩渺风烟。

一色云天共，堪随时令迁。

汉阳道中

烟锁汉阳道，风开鹦鹉洲。

苍山与苍鬓，相对各成秋。

湖北博物馆观勾践剑

归楚非秦地，吞吴岂越家。

拍张勾践照，诗配作图插。

东湖磨山

磨山绝胜处，追古祭郊坛。

风静云无动，波平不鼓帆。

箭师养由基

两臂开千弓，虎膺接四面。

羿仙孰可当，百步养一箭。

二〇二〇年二月一日

注：碧华，指皎洁的月亮。

雪友，指梅花；书客，指木笔花。

养由基，楚国神箭手。百步穿杨、百发百中典故皆出自于他。

接快递

快递溧阳来，谁邮且费猜。

签收打开看，广告卖云钗。

二〇二〇年二月十三日

恬退

恬退叩村扉，朝夕闻子规。

围篱三亩地，常与四时为。

二〇二〇年二月十九日

晨扫

昨晚睡得早，今晨当院扫。

推门一地花，梦里未知晓。

二○二○年三月二十九日

仲春

日暖意洋洋，行舟下碧塘。

习习风自落，次第献时芳。

二○二一年二月五日

赠黎明兄

难得一字痴，心绪使由之。

倘若无执念，哪来千古诗？

二○二一年三月十四日

南塘独步

金风吹水皱，凉雨入塘秋。

花落成香饵，柳垂放钓钩。

二○二二年四月一日

还叶宅见蛱蝶

蛱蝶飞处处，偏向叶家门。

韶雅时方好，无声不扰人。

二〇二二年四月二十一日

夜吟

醒解宵非尽，吟诗句未成。

一窗秋挂月，几处夜凉生。

二〇二二年九月十六日

窗前偶得

南窗竹二丈，织雨响风澜。

不解主人意，偏惊午后眠。

二〇二二年九月十九日

打渔

岸村秋水上，江晓打渔舟。

起网星捞尽，一篷烟未收。

二〇二二年十月十日

林泉逸興
辛亥春日仿石溪上人
法以應
蕭生先生之家雅政
袁松年作於歇浦

五律

归耕（平水韵）

载具田家去，归耕感翼华。

一池连栋月，四壁出墙花。

物候传心印，浮云过眼霞。

春秋随相换，乡俗足堪夸。

二〇一八年七月二十四日

早过故人庄

残月疏林卧，归鸿启远征。

风寒生旷野，露净洗琼瑛。

扫院开篱户，汲泉过鹫峰。

忙秋收趁早，农唤下西坪。

二〇一八年十月十三日

过夔门

夹江封崄隘，叠嶂护龙根。

回斗行天运，卷云作海吞。

舟楫来复往，瓮玉古今沉。

胜日礼嘉客，朝夕不闭门。

二〇一八年十月二十七日

残月疎林卧归鸿 故远征 风寒生旷野露

津浣珍璞扫院闲 离户 汲泉过鹜峰恼秋

牧趁早农噢下西坪

孟浩武先生早起遇故人

庄诗一首君水书 潘继坦

于山西石楼县

如画竞争新，梯田小大屯。

秦腔充耳渺，腰鼓满山闻。

胜赏开邻瓮，直须呼主人。

层林隐幽径，列嶂入青云。

二〇一八年十二月九日

汉阳古琴台（平水韵）

蓁蓁汉阳道，历历古关雄。

浪动匡山月。帆开彭蠡风。

闲行值胜迹，幽赏访岩栊。

钟子今非在，琴台夕照中。

二〇一八年二月十一日

注：古琴台，即钟子期古琴台。始建于北宋，重建于清嘉庆初年，位于武汉汉阳区龟山脚下月湖之滨，有"天下知音第一台"之称。

狮峰山

狮山初入目，后会复何年。

云压千村暗，雨收竹里鲜。

游方从鸟道，过户入林关。

趁早忙春种，插秧机下田。

二〇一九年三月六日

杭州西溪湿地

万亩溪湿地，盛名殊有闻。

云罗结紫絮，春浪洗轻尘。

水鹭偶潜底，风荷时泛粼。

泊舟入林浦，山色隐黄昏。

二○一九年三月十六日

春游

墙角一枝在，窗前花落深。

东邻呼老友，客外婺源村。

望远峰撑汉，探奇路入云。

倦身寻夜宿，相问叩柴门。

二○一九年三月二十日

晚春登古原

寻春古原上，松径引柴庵。

深浅苔痕绿，沉浮花事迁。

归云萦远磬，斜日淡寒山。

邻水一蓬户，朝夕缥缈间。

二○一九年三月二十六日

南溪会友

吟诗思会友，历探过山家。

一径人空壑，千峰日满霞。

松风生古韵，鳌钓泛桴槎。

九曲林荫道，一坡解语花。

二○一九年五月十九日

过库木塔格沙漠

纵目寻吟眺，陇原接古荒。

天宫无售雨，青女不饶霜。

沙碛浸驼道，苍垣泛漠光。

乡园海棠否？开卷绿云窗！

二○一九年五月十九日

致友人

相逢承甲子，岂永驻童颜。

遁世九峰下，成邻一水间。

苔荒知地僻，草瘦谢天悭。

羡尔芳华岁，顺时归种田。

二○一九年五月三十一日

小白鼠

莫笑小白鼠，轻身敢试枪。

开枪无子弹，却把死来装。

怜者嘘声叹，哀之呼九章。

阴阳如此戏，休说世荒唐。

二〇一九年六月七日

鹅

落落大白鹅，姗姗性寡合。

声威能吓虎，喙利可降貉。

食褐远田禄，眠沙近水泽。

骆宾王不在，谁改白天歌。

二〇一九年六月十一日

清兴

春去榆钱老，荫浓韭二茬。

泉寒岩下响，葛红地头爬。

楚楚堂前燕，纷纷社后花。

和风逐美意，清兴占年华。

二〇一九年六月十五日

友望心亭避雨发图，题诗复之

洒洒雨回汀，菲菲花落萍。

初临生寂寞，饱赏却安宁。

古道八方客，归舟一橹声。

别裁微信至，共享望心亭。

二〇一九年六月二十九日

结庐

结庐临水岸，淡寂益心闲。

久雨无行迹，新晴独去园。

春深花自是，日午影非关。

平素何能慰？民安自可安。

二〇一九年七月六日

论道

道力法天然，忘尘如坐禅。

苦行非苦意，积善不积田。

息虑方得宁，静心能解烦。

若人知自悟，何用拜三贤。

二〇一九年七月七日

读《与山巨源绝交书》感述

嵇家七不堪，缺米又何嫌。

时雪印行迹，清江横钓竿。

岫云凌凤羽，石涧吐兰泉。

深谷成嘉遁，潜心悟理观。

二〇一九年七月七日

注：《与山巨源绝交书》是魏晋文学家嵇康写给朋友山涛的一封信。信中拒绝了山涛的荐引，指出人的秉性各有所好，申明自己赋性疏懒、不堪约束、崇尚自然的个性。

叩烟舍

谷空闻远磬，松老掩扉深。

风缓舟无定，雨急云有根。

古崖穷目望，幽径奈何寻。

相问叩烟舍，此山谁掌门。

二〇一九年七月十二日

登亭感记

林茂烟岚重，谷虚叠翠微。

无风花自落，生雨鸟归飞。

野草浸南浦，黄云隐北陲。

亭高山尽入，舟小片帆推。

二〇一九年七月十五日

赠画眉谷主人

枕卷林中卧，堪吟且尽欢。

闻蝉深历日，落木降寒原。

洗砚呼江雨，挥毫振海山。

偏居俗气少，出入户非关。

二〇一九年七月二十八日

微山湖

微山湖浩渺，遣兴驾舟游。

芦荡围成巷，莲蓬故作秋。

亭台浮绿水，烟柳隐丹丘。

指处非奇幻，烟中鱼戏鸥。

二〇一九年七月二十九日

乙亥七月初三，楼北下雨楼南日出

听北雨哗哗，面南日色佳。

推窗南北望，何处起交加。

电闪刹那现，雷鸣随后发。

自然即自在，云散鸟戞戞。

二〇一九年八月三日

于挪威洛根河见大鸟

古树清岩下，盈枝鸟垒房。

高鸣声振月，起舞羽翻江。

来去非承兑，浮沉有主张。

故为人所羡，无翅咋飞翔。

二〇一九年九月二日

题《丰收图》

昨日去田家，桐开夹道花。

一川烟水碧，两岸果蔬华。

雨顺田畎好，人和世事嘉。

丰收欣饱眼，乐画此图夸。

二〇一九年九月十四日

闻雁

古寺白云下，朱桥绿水边。

灯孤心愈静，月满斗非偏。

妙偈吟长坐，清音得养闲。

西风催雁叫，不扰洞中天。

二〇一九年九月十八日

河西望秋

天寒晓气清，阡陌绕田塍。

瑟瑟风生籁，沉沉雁远征。

农闲禾可待，地僻客难逢。

一望成诗料，兴来犹笔耕。

二〇一九年十月十一日

真觉

月剪夜山苍，雪融淮浦长。

春迟棠叶瘦，雨好韭芽黄。

至味即原味，无香亦有香。

良知生智慧，断念任游方。

二〇一九年十一月四日

五老峰下

绝峰入九天，玄女下夕烟。

湿网船头晒，浮云郭外悬。

六时皆有悟，五蕴各随缘。

循道人缄口，无言无不言。

二〇一九年十一月十日

客关林

信宿关林下，萋萋草木深。

傍篱花气郁，临水月华沉。

答问有乡客，逢迎无羽人。

云泉回暗壁，风啸百家闻。

二〇一九年十一月十日

耕（平水韵）

出入勤菑畬，不闻萧史家。

天寒溪静浅，霜重木清嘉。

阴渐藓苔暗，日偏花影斜。

心苗火频注，热血报中华。

二〇一九年十一月十二日

生性

生性不堪用，常因柴米劳。

衫襦云护体，筇杖影浮桥。

尘面风作浴，衰年雨窃搔。

蓬门无客扰，出户向青郊。

二〇一九年十一月十五日

西塘古镇池亭小酌

腹饥游欲尽，问晚觅食庄。

厚味三碟菜，凉亭四面窗。

宽衣风满座，弦月影投觞。

加饭但堪饮，交杯作久长。

二〇一九年十一月十六日

松

四面风饕起，苍崖独立身。

呼涛惊海宇，耸壑镇荒云。

雪虐仍坚韧，霜凌岂覆根。

曾驱狼虎豹，何惧狗猴狲。

二〇一九年十一月十六日

送友赴漠河

风吹襟带飘，秋尽雁归辽。

坐井观天小，登峰眼界高。

穷途须砺志，得意莫矜骄。

众乐非独乐，衣食寒暑调。

二〇一九年十二月七日

風吹襟帶飄秋盡雁歸遠塞井觀天小

登峰眼界高窮途須厲志得意莫於驕眾

樂非獨樂衣食寒暑調 孟濤武先生遊友人赴

漠河詩二首 京紀書 潘建題

过金乌岭

篱疏柴草避，林掩野人家。

霜重近如染，雾薄远似花。

涧源淙野谷，石路入竹垞。

风起穷机变，云回带暮鸦。

二〇一九年十一月二十四日

同里巷中

茶坞巷中藏，花蹊隐酒坊。

开窗结素月，关扇闭寒光。

随步地衣皱，推波舟影长。

望邻通水路，远近桨声量。

二〇一九年十二月三日

登狮峰山

久慕狮峰奥，今携友往行。

苔深石沁绿，溪曲水潆洿。

楼榭隐花巷，藓崖攀柳营。

只因龙井在，每到忆徐僧。

二〇一九年十二月十一日

仲冬周日

酣睡未知晓，醒来午尚早。

竹声案上闻，个字窗前绕。

同落雪成花，异飞叶作鸟。

兰馨非土尘，也被风伯扫。

二〇一九年十二月十五日

再题竹吾琴砚

砚款字三行，署名顾二娘。

墨池浮火捺，堂壁刻兰芳。

金线连福寿，蕉白入建章。

七弦琴在手，世代济文昌。

二〇一九年十二月十五日

寄诗友

珠玑何处有，说是腹中藏。

出口兴来趣，成章语尽详。

窥天得自喜，作客上高堂。

赖此春山意，鬓苍未肯妆。

二〇一九年十二月十五日

尚文园

径入玉龙湾，遁林居逸仙。

蜂狂形欲舞，蕊绽影犹观。

石碥流光溅，波平淑气含。

油然生道念，著意尚文园。

二〇一九年十二月二十二日

游西湖二首

一

孤山沉倒影，幻象水中容。

直似仙台镜，犹疑佛氏宫。

楼阁成玉朵，故事耐蘼丛。

谁可此间往？端居百念空。

二

残雪已无雪，断桥桥未断。

时逢官柳深，乍见闲鸥散。

郁郁水苍苍，漾漾波漫漫。

乌篷随暮归，向使华溪店。

二〇一九年十二月二十四日

岁杪过潼关寄友

古道潼关外，芳村绿水边。

黍稷肥玉兔，散马响苍山。

雪落千家梦，鸿来一岁寒。

但凭天与尔，终老不知还。

二〇一九年十二月二十七日

赏九畹兰生趣

畹兰花未发，萼片坼萌芽。

吐艳得风助，凌寒布肃杀。

阴疏天已晚，影碎月浮华。

欣有良朋至，澹然意更佳。

二〇二〇年一月十一日

记游

平明星散尽，出户觅时鲜。

树色凝霜露，风梢鸣管弦。

投村云入径，过岭雨回迁。

奉礼千岩拜，功名何论仙。

二〇二〇年一月十五日

遇友

只话心头话，不思量匪夷。

身随巢父隐，梦与雁行齐。

富贵无心乞，相宜久忘机。

尔来复何见，此去有佳期。

二〇二〇年一月二十日

武汉防疫

因疬垒心焦，封城禁未消。

及门客无至，空巷夜孤悄。

江水连天色，风帆逐浪高。

前头春尚在，何奈木寒凋。

二〇二〇年二月十六日

至大梁山访友还途中作以赠

一

深春得小闲，携去入苍湾。

雪化沟拥涧，鹏来羽振川。

云垂山兑暮，星灿月成镰。

相对且酣饮，壶中别有天。

二

匡谷屯云盖，深春啼子规。

松高峰相抱，溪浅草成围。

猿啸獾出没，花香蝶往飞。

苍茫星欲见，结客未言归。

二〇二〇年二月十七日

山居

山中起疏籁，称意供尝闻。

生雨泉和韵，随朝莺唱林。

纳凉节暖岁，咏夜沐萧森。

风扫高岩道，云织小品文。

二〇二〇年三月十三日

题绿萝琴

良工峄桐料，斫为绿萝琴。

承露积清韵，岳山润妙音。

三池藏造化，二柱定乾坤。

若得师襄子，生风万古闻。

二〇二〇年七月二十二日

虚窗

虚窗话雨旸，云半日开张。

良悟人难困，高怀兴自昌。

作别言未契，相去旅思长。

又见新莺至，衔花飞过墙。

二〇二一年七月二十日

行脚僧

如云迹无定，来去复悠然。

不叹牛山客，高吟玳瑁编。

听松知悟理，观瀑欲纠偏。

且向途亭卧，夕阳省醉眠。

二〇二二年六月二十八日

蕉林听雨

听雨蕉林里，妙音何可言。

如风度遥磬，似月漱兰泉。

仙籁空山发，芳飙幽壑添。

雍门周若在，可改旧时弦？

二〇二二年七月十三日

注：雍门周，战国时齐国琴家。

溪山煙靄
丁夏嘉平月擬
昔賢此雅筆
余亭航元清

七
绝

春莺

置土楼台手自农，忽来春雨趁墒耕。

时莺知喜凌枝唱，报与田家第几声？

二〇一八年三月七日

牡丹

胜言桃李艳春坛，凝露妆成百卉仙。

宅第倘能着凤冠，何将新燕作泥衔。

二〇一八年三月二十九日

始信峰观日出

曙光渐把月光埋，登上黄山临古台。

始信峰前不信看，日从海底拱出来。

二〇一八年四月十三日

独步（平水韵）

独步汀洲逐夜凉，蛙声莲底月中藏。

渔家灯火连星汉，布谷关关非尽详。

二〇一八年四月二十三日

归来

远客归来喜近家，畦中韭菜嫩初发。

秋园犹认西风好，香扑一帘马尾花。

二〇一八年八月十日

天桃

一

园圃天桃实不凡，开春知著牡丹前。

转身天界成仙果，能上瑶池作寿盘。

二

一时粉艳世无伦，真伪比仙理莫分。

秉性非俗存逸趣，与人逢晤任天真。

二〇一八年五月二十五日

青海湖闻鹤

苍穹何日落华羹？滴入人间化碧清。

举目遥听云四野，穷源瑞鹤唳仙风。

二〇一八年六月二十七日

读袁枚《遣兴》书赠（平水韵）

刘氏犹装笄女身，花钿妆点入时新。

飘然咏絮才无比，卓尔易安光照人。

二〇一八年九月二十日

注：咏絮，东晋谢道韫曾以"柳絮因风起"的诗句比拟雪花飞舞，其叔父谢安大为赞赏。见《晋书·王凝之妻谢氏》。后以"咏絮"作能诗善文之典。

易安，即李清照，号易安居士。

院中见闻

过户穿林风自徐，秋光长遣碧涵虚。

鸟声满院非惊睡，云影一池无碍鱼。

二〇一八年九月二十三日

周庄遇友人（平水韵）

西风吹水逐轻舟，曲巷幽堂重胜游。

久别非因缘分浅，一朝邂逅十年修。

二〇一八年九月二十四日

戊戌九月初一作

一

作镜磨砖何巧拙？芒鞋踏破杖云波。

片时梦里千重路，游遍华胥南北郭。

二

不幻风烟却幻身，雪肌冰骨玉精神。

东君绘梦轻鸢过，一色江天孤月轮。

二〇一八年十月九日

山行（平水韵）

久雨新晴胜百花，长林半掩野人家。

三山黯淡夕阳暮，二水潺湲南斗斜。

二〇一八年十月二十八日

忙田

啼鸟嘤嘤如唤名，枝头起舞啭新声。

由身忙种田间菜，虽是中听也忘听。

二〇一八年十月二十八日

画竹

晓窗清影月三竿，冒此殷勤探玉轩。
乘兴忘机挥笔就，等闲市上换茶钱。

二○一八年七月二十日

咏菊

容趁秋清开万家，奈何百卉顿时煞。
休说睹物思人苦，慰语重阳还此花。

二○一八年十月二十九日

过汲水五角亭

汲水南街五角亭，当年讨价卖瓜农。
如今邻里作棚用，乡趣童真梦里融。

二○一八年十月二十九日

寄友人二首

一

缘果三生相见迟，阳关别后已多时。
乞身归老了无悔，唯欠春风一扇诗。

二

赖月吟哦见笔端，奉书且赠故人观。

客来即便食无味，不丧斯文换酒钱。

二〇一八年十月二十九日

戊戌年秋于丁香园

丁香岂是锁愁材，寒热埤薄易可栽。

结舍山丘临砌种，遣闲几度嗅花开。

二〇一八年十月二十九日

和诗别字即兴

饶字何该写作挠？昏花眼误未多瞧。

免留话柄招人笑，再入诗篇警自骄。

二〇一八年十月三十一日

去张柿园见桃花盛开（平水韵）

东风使信定无由，知著花开未计秋。

若是主人堪折送，梅瓶无忌照单收。

二〇一八年十一月四日

清吟

荆衡烟柳雨如丝，未报春息花信迟。

徒用风光诚快意，清心口占小成诗。

二〇一八年十一月二十九日

说钟情

惜春无奈落花时，水月相疏岁易失。

若是钟情如初见，当之千古第一痴。

二〇一八年十二月十四日

戊戌年冬访香榭丽舍

一

梅桩已覆雪中埋，念此离尤几咏怀。

他日置家居丽舍，凤缘接续与春栽。

二

小小青园亩半分，丁香豆蔻两怡心。

可怜误被故人砍，踏伴秋声吟到今。

二〇一八年十二月二十九日

和诗

和诗发给对方看，说是言真味道淡。
嚼蕊甘食不羡芹，乐潜深处守吾愿。

二〇一九年一月八日

碧翠园

原宪弦歌未肯同，甘贫有道草泽中。
邵平田长瓜和豆，碧翠园耕雪里蕻。

二〇一九年一月十一日

生活（平水韵）

为挣年钱帮送花，一盆兰蕙两盆茶。
三楼驻脚敲门问，却是前妻嫁娶家。

二〇一九年一月十五日

虹桥望月

天边落玉月如珠，万象生发水上浮。
流景列春风在岸，波光杳霭有中无。

二〇一九年一月二十日

颍河晨望

郊原初日色桃红，气象生发非尽同。

轻霭氤氲浮太宁，光天浩荡意无穷。

二〇一九年一月二十日

试纸

当如快意笔飞花，纸上生风何作答？

幽旷清虚寻逸解，春工幸可剪天葩。

二〇一九年一月二十四日

乙亥初春

腊破春回年复年，每于就寝枕书眠。

自安门下无鹦鹉，半语先生怕讨嫌。

二〇一九年一月二十一日

年宵夜感外卖哥

雪霁神州略不殊，年宵从俗饮屠苏。

谋生在路乡隔远，只影身单形迹疏。

二〇一九年一月二十四日

途中遇蜂户

南北赶时蜂户来，芳期已误莫生哀。

地藏种子天藏雨，年后风吹花又开。

二〇一九年一月二十六日

乾隆杯（平水韵）

手执龙杯诗婢家，斯文肖像自成花。

红黄色调帝王气，斟酌倾樽逐翠华。

二〇一九年一月二十七日

阿 Q 小像

声名不恤甚尘迷，附会迎合嫂喊姨。

即便已成和事佬，卑身为盗占风旗。

二〇一九年一月二十八日

除夕夜话

今宵除岁话长绵，苦辣酸甜几尽言。

一字心存终未语，欲听还得到明年。

二〇一九年一月二十九日

听名曲《光阴的故事》（平水韵）

白发三千须未长，心垒秋字作愁尝。

时光难兑情难买，山月乾坤各一方。

二〇一九年一月二十九日

闻丁公登泰山顶（平水韵）

玉树临风四十年，言身未老志犹坚。

风生脚下闲行处，小试泰安第一巅。

二〇一九年一月二十九日

山中独坐自赠

一

一望终南雁断关，风烟直上入云寒。

峰头立处分明见，扁户石门日并愚。

二

空压黄云隐渭川，此中真士抵苏仙。

耕田不用牛帮手，买酒还须撑木船。

三

租赁山中屋半间，持心求道不由天。

休闻身远无来往，自有殷勤鸟相喧。

客红村遇闫安

结客淮南亦信缘，红村杏雨六醽烟。

从来与月成三友，今饮添杯非二般。

二〇一九年二月一日

年三十收拾台历

每日案头时历翻，听闻成趣句成联。

春秋多少从无算，催老诗怀不叹年。

二〇一九年二月一日

龙湖秋望

次第风光入望楼，平湖客子泛轻舟。

无由闻赞今宵好，喜上心头愁剪秋。

二〇一九年二月三日

写生

结伴春云登古垣，一坡红雨半坡岚。

兴高未肯还书苑，描样天工笔更酣。

二〇一九年二月三日

除夕

年宵街上杳无人，唯有华灯影客身。

因问探亲千里至，声声炮仗喜堪闻。

二〇一九年二月四日

山中见灵芝

三载居邻殊不知，溪旁松下有仙芝。

踏青未约清明远，自笑吾非李药师。

二〇一九年二月四日

祝岁

年来百感几清欢，彩信飞传祝岁安。

三百六十零五日，健康快乐美天天。

二〇一九年二月五日

过天山一号冰川

拓关北上入青霄，北进西行白里遥。

蹑脚登崖托胆望，哪山更比这山高？

二〇一九年二月六日

古宅

古木亭台石径幽，青龙玄武主人留。

旧墙残字尚能辨，叹是前朝万户侯。

二〇一九年二月六日

访友

结客携觞访逸才，推门不见问由来。

相答过午园中去，说是樱桃熟可摘。

二〇一九年二月六日

观潭杂兴（平水韵）

一潭清水沐春阳，鳖蟹鱼虾蚌蚂蟥。

天物生灵能共处，各循其道乃隆昌。

二〇一九年二月六日

折梅得句（平水韵）

七瓣梅花自一枝，堪折入室可裁诗。

垂冰溜玉适君意，何配中堂集雅词？

二〇一九年二月七日

一樹玉蘭牆外開流蘇無盡漫

書齋春宵東星初三月趾桑詩

情鬧飛來

庚戌詩友春宵絕句壬寅之冬

楊逸明書

踏青归来

郊游本与自然亲，回到庭前蝶恋身。

掸去还来何撵我，孙儿笑指蕊沾襟。

二〇一九年二月七日

访友人未见

烟雨交将容不开，久闻查济喜今来。

打来电话方知故，山上防洪身在差。

二〇一九年二月七日

春宵

一树玉兰墙外开，流馨无滤浸书斋。

春宵更是初三月，别恨伤春触处来。

二〇一九年二月七日

夜泊

随风逐月上昊天，垂象列辰春正酣。

只影忘形无复饮，道心幽性自陶然。

二〇一九年二月七日

灵山寺外

蓬丘仙雾夜生消，积滤清寒随露抛。

能净心尘自然界，蛙声堪比木鱼敲。

二〇一九年二月九日

窗竹

摇曳庭枝丈二竹，隔窗投影日光浮。

风来云去案头见，开卷分明晴雨图。

二〇一九年二月十六日

闻钟（平水韵）

一丝灵感似清泉，滋润心中久旱田。

晨夕梵钟音寺外，闻声得悟比高禅。

二〇一九年二月十八日

武侯祠途中

寻山倦远已多时，九曲千重行愈迷。

路转峰回花似雾，问人何处武侯祠？

二〇一九年二月十八日

元宵夜望月

光阴复曜又逢春，月桂年来高几分。

唯恐嫦娥生碍意，只身不肯偶俗人。

二〇一九年二月十九日

水影印象

耀眼银花触处明，声光放电震雷霆。

风翻云弄列仙阵，玉质金喉不计名。

二〇一九年二月十九日

村塘

三月村塘景色新，轻轻燕影剪迷津。

谁知二亩捉蛙地？助力诗心梦到今。

二〇一九年二月十九日

赴轮台途中

日暮关山颢气凉，白沙荒草两茫茫。

西风起处牛羊散，几点归鸿云际翔。

二〇一九年二月十九日

春赏（平水韵）

淡烟疏雨湿风花，燕子隔帘欲入家。

棋局芳春同赏处，心中描样出仙葩。

二〇一九年二月二十一日

江村

雨洗江南二月春，白云华盖隐江村。

溪春车水石桥路，几户人家不掩门。

二〇一九年三月二日

党员活动日——植树

列队方方三五排，声声号子口齐开。

党徽个个胸前戴，郭外河滩植树来。

二〇一九年三月十二日

春日宴客

山上云浮日不开，花阴叠影暗苍苔。

筵开交畅安得好，试醉暄风吹面来。

二〇一九年三月十三日

起早

风轻烟淡入云深，未觅桃源认杏村。

起早方知人更早，趁墒耕种乐乡亲。

二〇一九年三月十四日

闻布谷

玫瑰半开影半帘，文房香浸助清眠。

奈何布谷催耕早，声落田家二月天。

二〇一九年三月十六日

重访

云洗天光雨洗尘，成因相访旧时村。

主人已去园荒废，依旧花开不是春。

二〇一九年三月十八日

三月

暮雨朝云日染霞，三春万木吐芳华。

天工欲俾行时令，还遣东风助落花。

二〇一九年三月二十七日

杨花（平水韵）

随风飘忽扑斜阳，逐暖迁回团短长。

自古名头镶水性，说花有蕊却无香。

二〇一九年四月四日

于龙井村

白云绿水绕田家，荫庇门篱分外华。

日暖风和花探户，春流一道采新茶。

二〇一九年四月八日

瓶插百合

枝丫顶蕾案头插，浸在瓶中赖水发。

能有一时清气在，不输梅树比昙花。

二〇一九年五月二日

观泉州高甲戏《连升三级》

泉州甲戏不一般，丑净旦生如是观。

作态忸怩八面脸，但凭此样竟三迁！

二〇一九年五月十二日

田居

瓜豆菜蔬郭外田，乾坤风雨自年年。
登高寥廓关山杳，回首榛荒实可言。

二〇一九年五月十三日

登周口电视塔

气象非凡放眼观，往常风物几时迁。
渔村史记实无见，古址新楼直入天。

二〇一九年五月十五日

南窗诗

堪爱书中坐可寻，不关自在已无尘。
去来风雨由它便，静守南窗槛外人。

二〇一九年五月二十四日

指云寺（平水韵）

薄烟浮面暮寒轻，幽寺钟音断续声。
踪迹往来寻石径，清风明月几关情。

二〇一九年五月二十四日

读庄子《齐物论》

星移斗转日沉西，蟾兔复来何复疑。
万窍怒号闻地籁，咸其自取赖心时。

二〇一九年五月二十四日

晒照片

结游携伴去登山，为练脚功履灌铅。
莫厌一舟穷小照，晒屏刷破友朋圈。

二〇一九年五月二十九日

芒种

蛙声四处月三竿，村上街空灯火阑。
芒种在时宜早睡，田家缺少五更眠。

二〇一九年六月六日

赠郎中

世上郎中你最中，出方能使老还童。
回天力改死生簿，济世悬壶无量功。

二〇一九年六月九日

注：悬壶，指行医、卖药。

宿金顶

峰托金顶近星辰，脚踩风涛手扯云。

山色迥合生感叹，何来缘分住仙根。

二〇一九年六月十三日

水仙

本为瑶界水中仙，何咎贬谪留世间？

自喜投身千草店，驱毒除病气香天。

二〇一九年六月十八日

观张大千临石涛牡丹图

牡丹用色浅非浓，翠鸟枝间笔亦工。

题款谦称拟元济，百年成就第一宗。

二〇一九年六月二十三日

于金山寺

大江东望碧连天，风鼓千帆入远峦。

典故咨询生感叹，何缘水漫问坡仙。

二〇一九年六月二十四日

大明湖雨荷亭成吟

雨荷亭望柳如酥，台榭舟桥远近浮。

天地钦能逢盛世，今朝佳景旧时无。

二〇一九年六月二十五日

送别

云过江头雨过桥，春妆柳色满东郊。

席间昨日已说好，何又别时把泪抛。

二〇一九年六月二十八日

初夏园中作（平水韵）

独著书斋掌上身，不知时日过三春。

凭栏咏絮何才配？花束隔篱香扑人。

二〇一九年六月二十八日

秋思

秋鹭初闻尚有蝉，天虚风物各随缘。

片时枕梦千重路，一片乡心万仞山？

二〇一九年六月二十八日

知音

深谷寻芳叩掩门，相闻屋内奏陶琴。

如发仙籁禽无动，一曲听来知主人。

二〇一九年七月三日

过河

相望星浮一水间，隔河不便似隔山。

求船伐木虽说晚，开始从来无二端。

二〇一九年七月三日

柳湾望渔村成句

正颖初明杨柳新，啼莺恰恰破迷津。

风云来去年来往，渔火橹声就水滨。

二〇一九年七月四日

郝堂村邂逅

庄林青浅巷门深，细柳清风洗客尘。

援友久别今邂逅，作媒缘是郝堂村。

二〇一九年七月七日

注：郝堂村，位于河南信阳平桥区，全国美丽宜居示范村。

宿山村夜雨

携程二月探芳春，十里寻溪入画人。

向晚不停连日雨，客来知洗已无尘。

二〇一九年七月七日

赠人（平水韵）

年复年年度日迟，青愁消长几人知。

解封一段心头事，说与才卿恐（可）过时。

二〇一九年七月八日

小暑望后，同里初游，乘舟即兴（平水韵）

即兴乘舟过弄堂，隔桥望月水中央。

莫非识得南风面，偏遣荷花暗送香。

二〇一九年七月十日

德龙兄退休

求退从翁山可游，冰轮一挂正值秋。

心发蛩韵明堂净，闲里听林情更悠。

二〇一九年七月十三日

答觉生寺行一禅师

轻寒生夜镜明空，独坐斋堂一念中。

自是俗人非妄想，心觉知悟入莲宗。

二〇一九年七月十五日

荷

一

田田荷叶静脱尘，独占风光自胜春。

出水淡约无挂碍，花遮翠盖入云深。

二

迥浮卓立水中央，云翳潜池未肯妆。

朵朵花开红烂漫，娇羞无碍阅芳香。

二〇一九年七月二十二日

荒唐

真水无香何论香，说来条件太荒唐。

见风使舵行方便，造化尚能人主张。

二〇一九年七月二十六日

寄挪威兄弟

风窗遥对挂银盘，为觅清诗人未眠。

此地三更彼正午，团团明月不同看。

二○一九年七月二十七日

洛阳买牡丹偶成

虽是布衣贫老身，也能尽享洛阳春。

牡丹不少世人爱，富贵几传膝下孙。

二○一九年七月二十九日

夏夜

望中门巷本清凉，月色出林走上墙。

青黛欲妆非胜量，时如佳气得先尝。

二○一九年七月二十九日

心灯

心灯永亮信非凡，荤素三餐未坐禅。

丈二方台无寂苦，喜闻山籁伴春眠。

二○一九年八月一日

灵芝

灵谷仙源出玉芝，骞予粗陋未能识。

试语洞人来掌眼，说是黑红雨露滋。

二〇一九年八月二日

时尚

风久成俗时尚迁，衣裳褴褛貌非端。

无稽荒诞人传美，发际误教青鸟衔。

二〇一九年八月二日

向阳坡

贾生莫笑事非多，入世谁能世外脱。

崇尚光明人自在，心安爱住向阳坡。

二〇一九年八月二日

七夕

牛女星河天各方，古来谁见鹊桥长。

如花七姐何相许？重诺千金心里藏。

二〇一九年八月七日

陶家

不觅天涯觅水涯，桃源岭上住陶家。

若于三性无八苦，何怪春来柳眼瞎。

二〇一九年九月四日

关窗

总是邻鸡啼五更，时常惊困讨人听。

关窗闭户图清静，赏景全凭梦里生。

二〇一九年九月十五日

会稽山

会稽洞天多有闻，时年兴得寄吾身。

门闲径僻无来客，情胜雪狸偶打门。

二〇一九年九月十八日

串门得句

今日游闲不看花，只来嘉苑访金家。

楼高十丈垂云户，一席时珍却缺茶。

二〇一九年九月二十一日

观张大千《南浦图》拾句

扬雄庾信两文君，被二千年隔古今。

说有丹青惊海内，东篱南浦两天真。

二〇一九年九月二十三日

秋日登山

一路攀登争上游，目标锁定远山头。

欣然足下千峰驻，却是风光满眼秋。

二〇一九年十月三日

查济村

山深地远尚珍藏，街巷门闾列万厢。

风雨千年亦同昨，薪传道脉刻云堂。

二〇一九年十月五日

担夫

无由蹑脚踏云台，巧遇山夫信步来。

担子挑回风四野，衣衫甩下汗一排。

二〇一九年十一月四日

追成旧作

华灯火树鼓锣腾，闹市集人似地崩。

得剪窗前一片月，中秋遥寄故乡明。

二〇一九年十一月四日

天山雪融

沙海茫茫望似淮，灌衢沛沛费人猜。

晴空万里时无雨，雪化成河天上来。

二〇一九年十一月六日

观戏偶得

平步青云自可心，深藏真假鬼和神。

虽无点墨高堂坐，模样威风爱唬人。

二〇一九年十一月八日

喜报

手持喜报喜还家，如赏原田二月瓜。

燕过江淮三日暖，东风无处不熏花。

二〇一九年十一月八日

山村

清夜遥分景象殊，出林山月凝琼酥。

千家灯火随春籁，明灭无常是自如。

二〇一九年十一月九日

柿园

瑟瑟寒烟时入冬，彤彤日脚夜初融。

忽闻墙外柿林动，知是又来攀树童。

二〇一九年十一月十日

黄山松（平水韵）

仙乡嘉木下凡宫，气隐灵岩藏客踪。

根扎兰泉连栋宇，挺新总占最高峰。

二〇一九年十一月十二日

拜三迁碑

碑林磊砢古槐荫，藏与中庭香火熏。

游客居僧行偈拜，能知哪个是佛心？

二〇一九年十一月十二日

山村夜初

夕阳回照乱山红，识路耕牛过水东。

月上枝头村渐静，炊烟散尽鸟无踪。

二〇一九年十一月十四日

于始信峰得诗二首

一

百丈出云始信峰，别开生面画中生。

止循上古自然色，日月烟波混太清。

二

始信天都并二峰，云光缭幻日蒸腾。

青山自擅生殊质，报与春息祈泰亨。

二〇一九年十一月十七日

注：始信峰，黄山三十六小峰之一。

毕口村见闻

红柿枝头三五疏，鸟声阵阵入云呼。

儿童游戏翻跟斗，乡里人家清味足。

二〇一九年十一月十七日

山中偶作

甘苦山中知问谁？水云两配得龙媒。

自然玄化自然物，说是无为却有为。

二〇一九年十一月十八日

读陶渊明《酒止篇》

醉酣片刻欲成仙，陶令何吟《酒止篇》？

若只春醒生蚁梦，莫言灵异太无端。

二〇一九年十一月二十日

营宿米兰古城

何添饮兴醉方酣，号子喊出一二三。

至乐忘情非斗酒，黄沙尽处感楼兰。

二〇一九年十一月二十一日

重游

合影春山袖挽风，云巢入镜鸟非惊。

隔年还去时冬至，依旧南枝作雪棚。

二〇一九年十一月二十四日

柘厥关登望

前人筑垒几回迁，旷野长风成大观。

已使沙荒披锦缎，但教高路上云端。

二〇一九年十一月二十四日

说梦

气象江南梦里融，春塘花雨泛鹅红。

淘沙浪底金非有，赏月池中蟾是空。

二〇一九年十一月二十四日

渚夕

独坐鼋头望欲痴，黄昏浦屿月云低。

听竹风籁渔生火，鸥燕围村东复西。

二〇一九年十一月二十七日

迁居

三市灯宵安可期？卅年迁转颍滨西。

邻和南北均无碍，归兴陶然得自怡。

二〇一九年十二月二日

道中

草浅秋深风瑟瑟，衣宽人瘦鬓苍苍。

沿溪绕道逢村父，问好林中语未详。

二〇一九年十二月三日

小憩朴真斋

云暗城头雨打窗，风鸣树杪不歇腔。

春醒未醒诗先解，梦与清思入宝坊。

二〇一九年十二月三日

寄诗友

玉宇澄秋心自宽，观天井底易幽偏。

呼觞嗜酒非高士，笔授穷经才是仙。

二〇一九年十二月五日

慕才亭

徐步苏堤倍感亲，六桥烟柳古从今。

莫说小小孤独甚，久慕才亭自有人。

二〇一九年十二月六日

于西湖作诗

楼隐青山山隐云，几曾春雨洗轻尘？
登高犹见南屏晚，逐胜南风入舜琴。

二〇一九年十二月六日

过嘉峪关得句（平水韵）

和风翦翦月三竿，路入陇西嘉峪关。
斗柄山衔尘翳尽，炊烟未绝客人还。

二〇一九年十二月十三日

偶成

青飙在手几回抡？亦与江皋拱北辰。
寺里禅机觉杖老，山前新月照归人。

二〇一九年十二月十八日

冥想

斋静人闲禅在心，修身养性念遵循。
清觉尘梦古今有，本末玄机未了因。

二〇一九年十二月十八日

劝友

鬼怪妖魔如是多，从来好坏任人说。

身直不怕斜灯照，何惧青衫被尿泼？

二〇一九年十二月十八日

藏南日记

游飏寻胜六时闲，随牧携朋入藏南。

雪化冰融谷成涧，来时骑马去撑船。

二〇一九年十二月二十一日

过柘厥关诗

出戍龟兹过柘关，飙风高雪掩苍玄。

诗中字险生灵幻，缘起眉间碍大山。

二〇一九年十二月二十四日

戏张三更

自谓身怀造化功，小白气度亦输侬。

堪能文武心胸大，可试针尖肚里容。

二〇一九年十二月二十五日

注：小白，即齐桓公，姜姓，吕氏，名小白，肚量大。

干石榴

出户寻吟何计名，清晨雪后日初晴。

石榴干挂风枝上，充数寒鸦不作声。

二〇一九年十二月二十六日

玉童子

石头本是土中生，陶物全凭造化功。

一日出山为刀弄，岩龙蝉蜕变仙童。

二〇一九年十二月二十八日

注：街头夜市以三百元购得一蜂巢化石。

怀友人

萧疏万木客无多，人在边村何所托。

闻道今宵心有寄，乡关明月作邮戳。

二〇一九年十二月二十九日

甪直成咏

甪直小镇古风存，风雅胜流绝世尘。

饱眼酒香何尽用？华盅月榭影三人。

二〇一九年十二月二十九日

论诗二首

一

俗材本是布衣身，何慕苏仙乞圣文。

灵感时来非苦索，功夫勿用任天真。

二

徒负功夫枉用心，咬文秘道贵传神。

莫因平仄伤天趣，诗是自然情是真。

二〇二〇年一月五日

画扇题句

凫鼎汤茗垂雁灯，砚池宿墨画时僧。

落鸣一片清丝韵，题款如泉走笔声。

二〇二〇年一月五日

酒中唱答

西厢胜景几关情，佳句敲出笑自倾。

天有阴晴时有变，盏浮明月饮亏盈。

二〇二〇年一月五日

碧翠园记事

犬吠频频惊四邻，汪汪声调不堪闻。

觉来无奈烦其扰，索性讨说狗主人。

二〇二〇年一月七日

雨巷答路人

交加风雨夜寒生，明暗街头红绿灯。

迎面来人迷向问，指答尽处转西行。

二〇二〇年一月九日

观画

谁画丹青丈二宣，云烟满纸隐林泉。

个中妙趣无端现，若是蓬瀛落古原。

二〇二〇年一月十日

竹坞小憩

亭榭楼台曲水边，舟归人往鸟息喧。

夕阳未尽渔灯起，竹坞风窗月照眠。

二〇二〇年一月十日

题诗坛某大咖

仄平非守又因陈，看后不知何所云。

名冠大咖如此范，诗坛喷饭笑煞人。

二〇二〇年一月十一日

夜宿洞庭（平水韵）

听窗风打洞庭波，薄醉投诗吊汨罗。

商贾骚人终究去，星天无少月无多。

二〇二〇年一月十一日

题画诗二首

一

一纸云图须配诗，心无足兴笔头迟。

花传消息灵机动，得句惊人天下奇。

二（平水韵）

白芷芳兰各一丛，凉台盆养布瑶宫。

迎风婀娜仙堪佩，闻过留香频齿中。

二〇二〇年一月十二日

年宵

栽卉增华时所宜，兰心蕙质许相知。

堂明花俏主人雅，正是年宵守岁时。

二〇二〇年一月十二日

款水仙图

何时名分作仙葩，冰骨莹肌碧玉华。

出水临风香四溢，婷婷不语伴诗家。

二〇二〇年一月十二日

题梨花（平水韵）

冰心未解岁寒痴，以答丹青试墨池。

是否清标非独占，一时梨树入千诗。

二〇二〇年一月十三日

灵芝

丛林幽谷采灵芝，常守蓟门却不识。

薄厚扁圆形各样，青山华洞隐仙姿。

二〇二〇年一月十三日

说象

洪荒天地未开蒙，茫昧无端混沌中。
太乙微玄学尚浅，心生意象古非同。

二〇二〇年一月十四日

泰山

松涛逐浪日边峰，无尽青山更上层。
决眦飞来云万里，吟诗出口入风声。

二〇二〇年一月十五日

夜听

月落寺幽钟未声，寒凝新露与桐鸣。
仙音异品生玄境，侧耳窗前心自清。

二〇二〇年一月十九日

闻竹斋

闻竹斋里看云翔，生雨生风理亦常。
格物方能担道义，真源何说在禅堂？

二〇二〇年一月二十四日

注：王阳明认为为善去恶是格物。

诗酒（平水韵）

善饮能诗非一般，说来今古事千千。

但狂不乱神能定，何误诗仙与酒仙。

二〇二〇年一月二十六日

嗟予（平水韵）

嗟予笃嗜未知玄，本是琴心侍管弦。

应用终非无暇日，耳边闻鸟得声还。

二〇二〇年一月二十六日

月夜

夜苍云淡月丝丝，砌下蛩鸣蛙共织。

风露书窗蕉叶近，倾心注耳赏清时。

二〇二〇年一月二十八日

读《横渠语录》

虽说人老近黄昏，征戍星河泛月轮。

张载名言心谨记，笃行砥砺梦成真。

二〇二〇年一月二十八日

注：张载（1020—1077），字子厚，世称"横渠先生"。其《横渠语录》："为天地立心，为生民立命，为往圣继绝学，为万世开太平。"冯友兰将其称之为"横渠四句"。

林道夜话

车停颍北道林间，雷霁寒侵风半天。

知遇欢然无不语，尚余一字总隔山。

二〇二〇年一月二十八日

赴邀

君家八斗乃奇才，今日勿违苏舫来。

封罐打开香盏溢，琼浆入口纵高怀。

二〇二〇年一月二十九日

初三之夕永宁湖漾舟

霞落平湖日落山，初三星夜月如镰。

休言今晚南风软，只恐吹身刀样寒。

二〇二〇年一月二十九日

居家令

一

神州上下信根深，从令居家非聚群。

占得宽闲何遣用，齐心共凑曲中闻。

二

清街净巷店关门，团月隔帘犹照人。

夜送光明如日暖，千家有伴战瘟神。

三

顽毒扩散不择天，致病无由已久传。

此事异昔徒有叹，岳山承露泪中弹。

二〇二〇年一月三十日

赶花市二首

一

市上买花非赠人，一街相中就三盆。

泼皮更适懒人养，给束阳光可试春。

二

水养插瓶未送人，案头一束与时新。

无经风雨本清净，不与梅仙报早春。

二〇二〇年一月三十一日

过山西石楼县望梯田

石围宅院木搭棚，一岭梯田锦秀呈。

芳信得传知敬畏，春融山雪事农耕。

二〇二〇年二月三日

孤山春望

时随花絮弄春柔，又借东风助胜游。

更借孤山还北望，夕阳浮水水浮楼。

二〇二〇年二月四日

二月绝句

半窗风绪雨稀疏，老圃新畦种粒无。

春浅分明生霁色，出枝已是杏花初。

二〇二〇年二月五日

杨絮

如雪飘忽入眼迷，随风乱舞惹人衣。

偶时有幸尚中用，王谢堂前作燕泥。

二〇二〇年二月八日

庚子元宵节和荣彬兄

并非无奈著书房，时往今来从未妨。

雨顺风调均四季，百花零落亦寻常。

二〇二〇年二月八日

鹤

春色随飞上九重，日升高柳月升泓。

翅拍云朵惊穹宇，仙界来回孰可从？

二〇二〇年二月九日

蝉

曾是若虫土里藏，涅槃转世变阴阳。

一朝枝上凌风唱，朝凤百禽难比腔。

二〇二〇年二月九日

问酒家

隔空喊话问牛娃，何处山中有酒家？

笑答沿溪桥北上，门前槐树正开花。

二〇二〇年二月九日

迷路

云带清阴忍踏行，谷深林茂忘西东。

观天识象已无用，寻路还须问牧童。

二〇二〇年二月九日

读《道德经》第四十四章

既过春冬又过秋，谁能无虑亦无忧。
阳光空气非均用，贷比自由算个求。

二○二○年二月十日

三仙苑见鸟巢

溪水迂回逐落花，飞来飞去鸟喳喳。
新巢筑在三仙苑，衔块叼柴百姓家。

二○二○年二月十日

中秋向晚赴约城南田家

三五三秋月色佳，城南僻近访田家。
非知娥影随身伴，舞乱清辉一地花。

二○二○年二月十一日

赠蔡斌

文武兼工入品官，芝麻大小比陶潜。
得闲非饮无须酒，留有诗名羞浪仙。

二○二○年二月十一日

于成都杜甫草堂（平水韵）

草堂虽小胜高层，足下丰碑孰可争？

掌上诗根终究浅，大山仰止路千程。

二〇二〇年二月十二日

题沈一斋牡丹图

早年买一幅牡丹画，上题："拟李蝉笔法未识神否。神下脱似字。一斋记。"

一斋题款牡丹图，漏字何妨瑞气敷。

笔拟复堂神似否？百年谁解有和无。

二〇二〇年二月十二日

闻

喜鹊枝头三五群，声长声短不由人。

依稀远近听真籁，谱曲尚须赖此音。

二〇二〇年二月十三日

春声

市喧浮日不伤春，何掩诗家罗雀门？

烂漫无常刚过午，花开燕到入时新。

二〇二〇年二月十三日

雾霾

今日雾霾没了城，玉兰错落误东风。

取来一片书签用，怕染新词碍送朋。

二〇二〇年二月十三日

种雪里蕻

引种天山古菜苔，有无能耐雪中栽。

抽芽非早梅英后，绽蕊却先桃杏开。

二〇二〇年二月十三日

听雨

闲愁未必酒来消，可试临窗听雨蕉。

次第声声一二数，滴滴落处止心潮。

二〇二〇年二月十三日

街头

街头身影太匆忙，心事几多何处藏。

悲喜从容眉上见，胸中学任岂能量。

二〇二〇年二月十三日

读《道德经》第五十章

老聃有语尽周详，瘟疫袭来该咋防。
若是陆行非遇虎，与其无碍又何殇。

二〇二〇年二月十六日

绘《颍河春风图》咏句

抬望星空美月光，兰台秉笔夜苍苍。
池中墨锭时磨破，纸上清风欲扫霜。

二〇二〇年二月十七日

汉阳梨花山庄

江干独步月为邻，河汉雀声遥未闻。
风物宜人游不厌，迷天飞雪是花春。

二〇二〇年二月二十八日

还家

本心无系客云舟，退老还家休远游。
满脸憨直神未改，相逢一笑泪如流。

二〇二〇年二月十九日

山遇

云林深处有居家，藤蔓围墙尽属花。
隔水忽闻人喊话，喜来邀品试新茶。

二○二○年二月二十日

于淮阴

淮阴市井笑何人？碌碌营营无二门。
还是山中居处好，能闻天籁近星辰。

二○二○年二月二十日

贺喜

喜字成双门两旁，周家迎娶谢家娘。
永结伉俪从今好，携手百年福禄康。

二○二○年二月二十日

习诗自嘲

俗名许冠字行痴，自恃学吟陶令诗。
人不殷勤田长草，无心何处觅芳词。

二○二○年二月二十二日

于包公祠

开封府第非二般，门对石狮几变迁。

杜撰唱扬铡美案，分明脸谱古今传。

二〇二〇年二月二十二日

过阿尔金山记事

共此天光云影重，荒山日暮少人丁。

狼嚎风啸怀忧惧，只影形单蹑脚行。

二〇二〇年二月二十二日

春游（平水韵）

违乡信次月成弧，误落春池散玉珠。

风漫轻纱云漫舞，今宵共酒一杯无？

二〇二〇年三月十五日

春日过镇江

阴蒙初霁挺佳辰，山月衔欢喜照人。

千里春风无二用，一江吹裂碧天纹。

二〇二〇年三月二十六日

悼武汉防疫牺牲的烈士

黄鹤楼前车马少，长江桥下水生波。

瘟神已送今何顾？不信樱花比泪多。

二〇二〇年四月三日

大明湖北水门怀曾巩

明湖散步咏凉天，晚照清波远近山。

昔日人家曾子固，水门仍在已无烟。

二〇二〇年七月十二日

注：曾子固（1019—1083），即曾巩，字子固。任齐州知州时修建齐州北水门，疏浚大明湖水患。

去农家

锦簇花团胜作堆，曲河环抱玉潆洄。

棚栏共话家常事，无尽乡情无尽杯。

二〇二〇年七月十七日

宝石寨道中见赠

风劲帆开水竞流，山间挂月道中游。

捻髭觅句得天趣，不写欢心何写愁？

二〇二〇年七月二十三日

观露珠

花丛蝶影肯双双，枝上新莺断续腔。

光景自然非自大，露珠虽小启天藏。

二〇二〇年七月二十四日

梦

未却芳华六欲迟，何缠世事奈天知。

发言休说真大度，梦里谁无气醒时。

二〇二〇年七月二十五日

对镜

明镜平平墙上镶，隔窗映入颍三江。

生风起皱云鳞泛，有碍主人来试妆。

二〇二〇年九月二十日

酣睡（平水韵）

村头古树酒旗斜，风织白云轻绕家。

游倦归来觉非浅，酣声应响落桃花。

二〇二〇年九月二十日

夜登莲花峰

九月秋华夜象清，喜来方岳第一峰。

抬足唯恐山崩坠，举首每临天上星。

二〇二〇年九月二十二日

野店

薄云浅黛雨时穷，飞鸟已息空碧桐。

几点村灯明又暗，一镰新月水中溶。

二〇二〇年九月二十二日

闻箫

星稀云淡露华盈，兰棹泛沧惜此行。

远近洞箫无处觅，醉渔唱晚显才情。

二〇二〇年九月二十二日

注：《醉渔唱晚》，中国古琴曲，《西麓堂琴统》中记述此曲为唐人陆龟蒙和皮日休泛舟松江，见渔父醉歌，遂写此曲。

庚子八月既望

明月玄玄凌太清，今宵遥望几关情。

如能有术乘仙道，愿做蟾宫捣药僧。

二〇二〇年十月二日

风窗

玄空一念转时新，脚踏青岩试水深。

落雨窗前生晓籁，风吹枕上任天真。

二〇二〇年十月十五日

过江屯

群山围抱二江屯，黛瓦粉墙如是新。

雨后空林莺聚尽，花间宅第往来人。

二〇二〇年十月二十三日

小憩

日影云痕江水平，桃花溪口客身轻。

春山脚下楼一角，细试清泉烹雪茗。

二〇二〇年十二月十六日

蝉噪（平水韵）

叫了一声又一声，五音太噪不中听。

何时能解童儿唱？巧啭高低学百灵。

二〇二〇年十二月二十日

花甲

职场垒岁四十重，花甲启新何去从？

愿钓三川图画里，一竿风雨水中溶。

二○二○年十二月二十二日

自嘲

今日身心不放松，只因讲稿犯头疼。

自知学浅非明锐，何苦席台索掌声？

二○二○年十二月二十三日

党校姓党

党校讲堂言党声，绝非容乱念歪经。

笃行不怠展风貌，愿做三牛万里征。

二○二一年一月二日

逢别

社燕初闻已换声，杏花小雨入帘栊。

刚逢又去岂堪送，何样举杯能尽情？

二○二一年二月二十三日

月台

室小延窗设月台，望乡肠断鶪催白。

非愁花落无人扫，事事如昔去又来。

二〇二一年三月十九日

记 2020 年中印边境对峙（平水韵）

评说江山匡世功，今朝不与旧时同。

界碑更是英雄立，清澈只为扬国风。

二〇二一年三月三十日

注：2021 年，中央军委追授陈红军"卫国戍边英雄"荣誉称号，给陈祥榕追记一等功。肖思远日记："我们就是祖国的界碑，脚下的每一寸土地，都是祖国的领土。"陈祥榕日记："清澈的爱，只为中国。"

杂诗四首

一

经验问由无告之，三分清醒二分痴。

五分留作教鹦鹉，半语也能成相师。

二

相问前方幢幢楼，哪家欢喜哪家愁？

一窗灯亮读书用，几户幽帘梦里头。

三

电掣风驰赴帝京，随身携酒请林峰。

心中有畏三兄量，自信功夫枚上赢。

四

邀人写序慕虚荣，八两千斤秤上公。

若是称言皆炫弄，眼前何有大师兄？

二〇二一年四月一日

棉花

洁白如玉净无瑕，骨肉能分殊可夸。

身价虽薄非爱富，寒中送暖苦人家。

二〇二一年六月一日

秋日绝句

一

秋暮霜来天已凉，蓼花菱叶不堪伤。

一轮鸡叫白千里，收谷田家时正忙。

二（平水韵）

时见秋华月挂窗，参差明暗泻流光。

寒烟清露风吹散，细品兰泉绿茗汤。

三

郊原高处复登台，嘹呖声多塞雁来。

何日乡愁埋下籽？经年不见长秋怀。

二〇二一年十月四日

席间赠江岚兄

世儒哲匠得先宗，主办期刊有事功。

论酒惜非望项背，诗才绝配最高荣。

二〇二一年十二月一日

读农一师垦荒日记所感

一

邀客东来难叙茶，风推石臼日沉沙。

土窝窝子柴禾铺，能够息身便是家。

二

大碗呼来何焙茶，三春草木不生发。

离离原上休说尽，借故米兰人去家。

三

冰窖打来水当茶，桶中沉淀澄泥沙。

清凉驱热暑能解，入口生津却碜牙。

四

远客捎来龙井茶，氤氲茗啜口萦花。

神经越序心生暖，围坐红泥如是家。

二〇二一年十二月四日

咏梅

从来独处自芳丛，甚爱清寒造化功。

枝弱并非花信晚，春风未到萼先红。

二○二二年一月六日

移栽古梨树

粗细合围龄百年，移栽文苑礼堂前。

花如雪样祖何处？皖北郊东进士园。

二○二二年一月二十日

正月三日院中有作

窥窗雀报雪纷飞，瑞气盈门淑景催。

寒蕊争开香烂漫，殷勤作礼待春归。

二○二二年一月三十一日

朝逢

林下朝逢殊未知，青山北望雨来时。

于无声处惊雷起，触境文心一字师。

二○二二年三月二十七日

七日春還已破寒　趨窮石邊

以前惜花雲白庭天里笑碍

光陰更即眠　初春見石縫蘭花

鷽孟慶武先生正之　壽以人仿銅

初春见石缝兰花

七日春还已放兰，趣穷石缝抵从前。

怜花云自天遮半，无碍光阴更助眠。

二〇二二年三月二十九日

再拜夔门草堂

时入旧游吟兴迟，青山何吝助文思。

若如夔子杜翁在，必礼焚香拜圣师。

二〇二二年四月一日

谈说

一

弥天谎话误人情，混水因鱼浊不清。

身正灯斜非可惧，蒙尘全当土吹风。

二

细品明知苦味清，说甜谎话有人听。

风波难论东西向，好坏无须好坏评。

三

世上人多嘴太杂，哪知谁个爱说瞎。

如簧舌巧功夫好，信口偏听如眼花。

四

无余月俸按毛花，生计油盐酱醋茶。

若是年光可称重，权衡日子寸非差。

五

来人堂坐话何拉，东扯葫芦西扯瓜。

说者无心听有意，如尝真假酒和茶。

六

真中有假假非真，雾里云中何辨尘？

说梦从来人醒后，临池此去影无痕。

二〇二二年四月二日

蒲公英

一

塞北江南处处鲜，不嫌山水爱择田。

说来生性固根本，何又逢吹便上天？

二

愿伴高山处士家，未辞洼土水边花。

头轻如絮脚非浅，但守本根年又发。

二〇二二年四月三日

西府海棠

花枝妩媚自流光，匀散无声四溢香。

熟果煎汤山枣配，滋阴祛燥免轻狂。

二〇二〇年四月四日

臭豆腐

说是宫庭御膳传，凉盘小菜配三鲜。

腌鱼肆味满堂散，不解鼻馋解嘴馋。

二〇二二年四月五日

天山野炊

野馔新醅烤串香，穿枝红柳火中藏。

星星月亮肩头坠，碗大裁诗助酒狂。

二〇二二年四月五日

观娄师白先生《桃花依旧笑春风》（平水韵）

诗款藏头名未真，画将此画赠何人？

参差横扫疏如马，掩映自成密可亲。

二〇二二年四月五日

现象

一

心闲体胖已无求，何事躬身乡下游。

御膳八珍都吃厌，鲜尝固拗买窝头。

二

淳朴民风久盛名，亲和孝悌本躬行。

为何世道颠狂甚？儿住高堂娘住棚。

　　　　　　　　　　　二〇二二年四月六日

晾台

一

晾台面北拓书斋，雨注破屋听似哀。

风在耳中云在外，邻人谁道未曾来。

二

买土三盆置晾台，迎栽月季四时开。

清宵能解庄周梦，胜日非传兰怨来。

　　　　　　　　　　　二〇二二年四月七日

登高

登山饱眼上高台，无限风光次第开。

喷嚏一出云让路，隔江招手鸟归来。

　　　　　　　　　　　二〇二二年四月八日

校园拾零

党旗高举

斧头镰刀意深藏，闪闪金光照四方。

筑梦百年行有道，今朝高举更荣昌。

当阳开泰

石卧如龙蟠劲松，当阳开泰势恢宏。

镌琢底用曲阳匠，诗力归于元帅功。

注:《当阳开泰》中，迎门立石，青松相映，石上曲阳工匠镌刻启功书写陈毅元帅"大雪压青松，青松挺且直。要知松高洁，待到雪化时"的诗句。

海棠融春

西府海棠春已围，落红无意破风吹。

耕耘有获须清点，结果比花多几堆。

竹径通幽

竹林摇曳景西园，石径幽深丈二宽。

叠翠回还闻鸟哶，人行其道叶擦肩。

云亭夕照

立塑竹间六角亭，朝霞红样个分明。

坐行由便心无往，爽籁金悬更静听。

二○二二年四月九日

春怨

初七刚过数初八，日子岂能如此掐。

风暖临门新燕到，径直入院剪榴花。

二〇二二年四月十三日

喂鱼

一早池边兴喂鱼，无须投米捻花须。

只因水浅荷钱少，才有凌波相近居。

二〇二二年四月十三日

题《庐山图》

谁人放胆画庐山？瀑布接天月近泉。

似玉炸开争烂漫，斑斓七彩舞云寰。

二〇二二年四月二十三日

夏日

云曡浅浅石上凉，犬依荫庇燕回堂。

花红日暖晴如火，尽显风流时世妆。

二〇二二年四月二十六日

怜牛

奋胫耕田不厌勤，一年收获起三春。

空中无月形何喘？缘是长鞭又打身。

二〇二二年四月二十六日

同事发中餐图片回诗

半碗面条荤素汤，两盘蒸菜火煎肠。

鲜图一见馋涎落，何日西窗邀共尝。

二〇二二年四月二十六日

醉梦

尘世仙国两界身，醒来始觉幻中真。

莫非昨晚交杯甚，气序光阴已不分。

二〇二二年四月三十日

推窗

玉兰移处手亲栽，曾到春息花半开。

日渐香残留不住，推窗片片入书斋。

二〇二二年四月三十日

书友送墨宝戏作

墨宝涵虚三尺平，非凡气度抵兰亭。

千金价例先生送，君背行规我欠卿。

二〇二二年五月一日

生活

红串辣椒门两旁，竹篮草垛木绳床。

御寒取暖翻花样，围坐墙根晒太阳。

二〇二二年五月十一日

见案头兰花

卉中仙号案头发，非但心疼惜落花。

本是自然界中草，何因名分投书家。

二〇二二年五月十一日

凉台

延窗置土不封台，草木分盆迥日栽。

向主人开花世界，四时无碍羽飞来。

二〇二二年五月十一日

登画卦台

掀髯饱看上高台，如画春光锦似裁。

漪涣何时湖里种？清风作帚扫出来。

二〇二二年五月十一日

参观郸城民俗园二首

石磨山

农耕文化短和长，远古传来非尽详。

石磨回归山世界，人间烟火已收藏。

农具馆（平水韵）

名冠俗园非俗园，多闻博物不虚传。

民间故事农家具，堪比皇宫百万钱。

二〇二二年五月十二日

春信

风柳结柔桃缀房，未知身远近何方？

拍张图片发君看，只当春息不作尝。

二〇二二年五月十七日

题画（平水韵）

丈二徽宣铺案开，任由挥洒墨飞来。
不随时俗由君意，灵动天然乐自哉。

二○二二年七月十七日

走亲家

无须钱买自家瓜，装满筠篮走亲家。
开口欢言主人笑，田间收获已咨嗟。

二○二二年七月十七日

雨窗

穷言已解破诗章，开盏提神学少康。
新雨有情知送爽，晚风无礼打湿窗。

二○二二年八月一日

过南华禅寺

一

心向空门非住庵，吃斋伴虎又何嫌。
从来大道有先解，未必归休时问禅。

二

遁迹林皋未入庵，何寻念咒守更寒。

心中若有禅宗在，一叶落肩即是缘。

二〇二二年八月七日

登孤山诗

一

三老石屋无二门，孤山错落隐仙根。

小龙泓洞往来去，看破三观第几人。

二

孤山望水似闻韶，捻句嚼词近楚骚。

发染半黑人未老，留须自诩美髯樵。

二〇二二年八月七日

注：三老石室，汉代三老石碑存放处。

三观，西泠印社小龙泓洞处有吴昌硕题画刻句："行善之人善结果，赠以佳儿佛曰可，观世观人更观我。"

立秋

秋后风光非可哀，红林霜谷鸟徘徊。

若如明镜心无碍，自有怡情处处来。

二〇二二年八月七日

草

丘陇原野草如茵，脚下何妨供踏春。

常道无名非灿烂，献身野火入清尘。

二〇二二年八月十二日

刘花工

西街刘姓本书家，却弄枝桠爱种花。

调料兰芳白芷样，自言堪比玉宫葩。

二〇二二年八月十三日

注：玉宫，即月宫。

采句

踏雪寻芳上九巅，忽来诗兴欲谋篇。

一时无语何参句，几点归鸿悉细言。

二〇二二年八月十四日

玉童子（平水韵）

昆冈石料土中埋，万唤千呼始出来。

安得良工精打造，涅槃生死作莲孩。

二〇二二年八月十五日

伐竹

居舍颍南临古垞，一池云锦育荷花。

风来应免主人睡，名号竹斋竹已伐。

二〇二二年八月二十五日

五常大米

标牌四字远名扬，何故前头冠五常？

桌上无须梅菜肉，盘中有米口流香。

二〇二二年八月二十七日

秋日于颍上

一

颍河远上绿杨村，往事依稀隐北屯。

凭水望秋天尽处，乡关气象著乾坤。

二

儿时玩处夕阳村，经事春秋风雅存。

鬓上光阴无限意，胸中水墨有乾坤。

二〇二二年九月十五日

读韦叡《松窗杂录》、李白《清平调》三章

诗好从来不在长，谪仙一字顶千行。

虽无奉砚金銮殿，得释春风枉断肠。

二〇二二年九月十八日

应邀写诗评

书评接手未成篇，味不甘食寝不安。

明月怜才非顾我，清辉偏照玉台前。

二〇二二年九月十八日

评《夕阳放歌》完稿吟诗

一

悉数析文三百行，出言俗字少名堂。

登山脚臭倒无碍，却怕蹚河裹布长。

二

步月吟诗未算行，拙文瘝句似荒唐。

名知才浅羞人见，锁键关机兜里藏。

二〇二二年九月十九日

七律

贾鲁河行吟（平水韵）

船头杏雨样新翻，为酿文思字用偏。

成色十分生妙境，吟情一片乞高玄。

凌风撒网虽由己，捉月收云非在仙。

荣秀菰芦时节晚，夕阳篷底起炊烟。

二〇一八年四月二十日

秋望

秋暮寒云起九重，长河落日尽飞鸿。

藩篱古道元戎没，驼队边村信使通。

岁月飘忽山欲老，草茵荏苒梦忽匆。

苍天有定平生寄，格物毋贻探未穷。

二〇一八年十月十一日

闻雁

平林风劲夜初闻，摇落萧萧送雁群。

时过闻声焉可久，乍来列阵岂长存。

犹然场圃非疏懒，直欲杏坛蔽斗文。

贵贱自持常守道，春秋澹虑小一身。

二〇一八年十一月十六日

鉴画

一枚朱印字云卿，工写并兼神气灵。

叶底参差非走马，枝头疏处落啼莺。

红黄有配色非艳，浅淡均分墨老成。

二百年来三易主，今逢过目又传朋。

二〇一八年十一月十九日

答疑

昨日眉开今蹙凝，懒得答话是何曾？

迟来相问方知故，缘是流言误了情。

叶落无由非用辨，风生有故要聪听。

空中明月水中玉，莫让混鱼凌镜屏。

二〇一八年十二月九日

戊戌除夕逢立春

洼得高失盈乃亏，有无为用并非非。

杯流水溢只因满，云淡日融何以雷？

南斗文星资秀句，惠风甘露润民扉。

立春幡胜逢年夜，天与时芳岂待催。

二〇一九年二月四日

假日

无忧自适乐清闲，营魄抱一尘几般。

止虑增华元气固，当怡减欲得延年。

生悲当去风吹面，添喜嗟乎手抚弦。

观化澄怀非用巧，忘机托兴步青山。

二〇一九年二月七日

买砚记

乍到丁山无送迎，熨平衣皱仰南风。

石头一块非方正，题字三行却广平。

气象非凡谁巧制？属名独老款文征。

萌生欲问出钱买，收贮书斋助笔耕。

二〇一九年十二月二十七日

过沙雅遥寄此咏（平水韵）

小康共建豁穷愁，塞外风光欣可游。

草色近瞧春尚浅，山容遥看雪还留。

挑灯心寄渭城客，落笔诗凭燕市秋。

颇学相如堪忍让，兼怀何逊认芳洲。

二〇一九年二月九日

登黄鹤楼

巷里春闲久误期，登楼霁色助新奇。

曾吟黄鹤昔人去，屡建蛇山兹地移。

迟暮徐来天兑月，寒云杳去鸟归栖。

菲菲花落风还起，江口时莺恰恰啼。

二〇一九年四月一日

于沙颍河新站渡口（平水韵）

熙熙攘攘享高年，制度阴阳瑞应天。

二谢曾来寻故里，三苏过往著新篇。

蟠龙吐曜生虎气，漕运开帆挂海船。

将往以来何悉数？任随人事古今迁。

二〇二二年五月七日

习剑

偷闲习剑半年余，步快身轻神自徐。

津润口甘食味好，睡沉心静腑清虚。

出拳雷电能降虎，飞脚风云可赛驹。

蹑影寒光生宝气，国朝有召奋投躯。

二〇一九年五月二十一日

悟

未入仙岑身在尘，心裁遁逸向蓬门。

朝朝暮暮新从旧，漫漫苍苍远至今。

古刹红墙无二教，玄门弟子有垂篾。

若能知止方觉悟，五蕴八识何诓循。

二〇一九年五月二十九日

观蚁

如尘蝼蚁好群生，职管分明责任清。

卫士护巢身冒险，工兵搬运各登程。

团结协作摧天堑，来去高低抗海风。

匿迹穷荒无畏惧，殷勤地府不发声。

二〇一九年六月九日

灵山逢二僧吟句

知有林僧门上来，一枝足贵过墙开。

潜闻松子阶前落，又见夕阳檐下埋。

格物追源终有悟，曹溪神秀亦无猜。

不须身置菩提树，见性心明何镜台。

二〇一九年六月二十三日

大明湖杜梨树下

大明湖畔雨连绵，荷叶清风逐画船。

台上余存杜梨树，厅前无见御书丹。

尘根不净听闻乱，恩怨非空生死牵。

田字能容四方口，泰山高矮任由天。

二〇一九年六月二十四日

临港新城（平水韵）

渡口周家久盛名，陈风楚韵有殊荣。

田庐沃野林连片，渔火沙鸥颍绕城。

公铁水空成路网，物流枢纽运通盈。

新区临港达江海，高地桥头天下惊。

二〇一九年六月三十日

宜兴善卷洞（平水韵）

丁山西望隔重楼，善卷藏奇台榭幽。

深谷折溪岩下过，轻舟泛水洞中游。

国山碑老三千岁，玉涧桥新十二湫。

今日桃源归阆苑，奈何梁祝古今求。

二〇一九年十二月二十九日

有感武汉抗疫

肆虐病毒何处来？楚荆有染众人哀。

金猪禅让鼠仙到，雷火山神法力开。

从令三军能赴死，无眠百日岂嫌差。

一方有难八方助，自信九州能攘灾。

二〇二〇年一月二十九日

过胥台

谁能三度过胥台？欲遣髯苏到此来。

青鸟关关鸣处处，白云朵朵胖呆呆。

雪冰非解溪还浅，桃杏时疏萼未开。

且喜萧萧无限意，休说入枕雨如淮。

二〇二〇年二月十八日

始兴南山石斋

野色岚霏半未开，松涛风鼓响天台。

南山顶上云屯殿，古渡桥边芦覆埃。

香客心诚多远至，石斋几净少凡埃。

一墙碑刻前人语，方寸之间任众猜。

二〇二〇年九月十二日

呈贡宿名贤苑

秋后无多花簇团，写生千里入滇南。

玉龙湾涧回兰棹，影视城坊划酒拳。

昔日年光多意气，眼前风物止波澜。

得时幸会名贤苑，星斗作邻枕月眠。

二〇二〇年九月十七日

归田

告老归田轻病身，寻街走巷拜芳邻。

眼前井臼虽犹在，梦里门庭已换新。

小妹娇羞手揉扣，大哥好语口悬鹑。

久别当信团圆好，相守农家饱露津。

二〇二〇年九月十七日

国庆节

十一节庆瑞清发，旭日东升分外佳。

群艺笙歌狮子舞，九衢台榭紫阳花。

国歌豪迈生虎气，腰鼓铿锵荐木吒。

万众同声发逸响，千秋永泰大中华。

二〇二〇年十月一日

晒书节

莫说三暑气氤氲，一雨新凉风乍熏。

古曲亭台听午后，清阴兰圃见茅芹。

笔添雁字成八阵，灯照霜眉蔽斗文。

昨日桑田何已矣？颍东岁晚乐耕耘。

二〇二二年七月四日

大暑日作

未许从戎却赴边，疾风走马雪如拳。

已无烽火添仓象，但见寒关挂月弦。

青鬓光阴空有配，书生意气愧冲天。

肩头锁任骨还硬，岂敢南山林下闲。

二〇二〇年七月二十二日

冬日过津门

黄云漫卷雪填壕，寒筑津门分外娇。

步步无常惜古巷，茫茫独许遇山樵。

枝头生唱鸟三五，鬓角飞花瓣各飘。

细点疏红生晚艳，清思缕缕入诗条。

二〇二二年七月二十四日

未许徒戎却赴边　疾风迅马雪如拳己

无烽火添仓家俭　寒闺掛月弦青鬓

光阴宜自配书生　意气愧冲天眉头锁住

骨还顽尝龛雨山林正闲

右庚戌兄大寿日作一首　北多平春书

重阳节同学相聚

半亩江南门未关，一堂围坐共身闲。

重阳羞作夕霞晚，饥渴喜逢双醴泉。

同气连枝无谩论，斯文借箸近狂颠。

兴酣庆快何为解？交错飞觥飘欲仙。

二〇二〇年十月二十五日

冬至逢王学岭先生

冬至添寒律序催，衡门雁早不归来。

逢夕数九年方尽，卒岁书空未肯恢。

笔扫三秋风透背，墨分五色意皴梅。

何堪此地谋君面，拱手非能共举杯。

二〇二一年十二月二十一日

和王学岭先生（平水韵）

园杏疏枝过短墙，黄莺蛱蝶为谁忙。

一宵经雨花初发，向午生风窗正凉。

适兴元非沽燕市，感秋未必客衡阳。

王家宅第懋勤殿，言炳丹青冠众芳。

二〇二二年六月二日

立秋日作

未到金风何遣愁，烦人热浪不须留。

凉亭伫立寻章句，陋室闲来试笔道。

隔岸初开非古渡，和云相唤有村讴。

片帆归处生秋籁，一曲阳春断百忧。

二〇二二年八月七日

归耕颍南

自喜归耕颍水滨，鲈鱼莼菜与时新。

移窗斜日匆匆过，当户村烟切切寻。

生计非棋何布阵，世情似酒不劳神。

心空无碍穷天象，独坐芦荻把钓人。

二〇二二年八月二十八日

和薛维敏先生

未到天山心已通，求贤先送《颍河风》。

结缘非浅时非久，如故遇迟情遇融。

雁阵入诗无左右，阳关成梦各西东。

七言一首君相诵，友谊长存天地中。

二〇二二年九月十六日

词

渔歌子·春耕

禾黍离离鸟声清，悠悠烟柳絮团风。花艳艳，雨蒙蒙，春耕人在画中行。

二〇一八年三月十七日

渔歌子·龙湖

十里风湖泛云波，蟾宫游鲤戏田螺。莲朵朵，叶灼灼，渔舟唱晚影婆娑。

二〇一八年六月七日

桂殿秋·客来

超市去，买东西，客来下厨围裙衣。油盐酱醋盆盆罐，做个肥肥火爆鸡。

二〇一八年七月三日

生查子·听琴

听琴惜古音，寂处生悄楚。吟赋笔耕宵，乞种归田亩。
一别去乡关，添梦多无数。春燕绕萱堂，念儿甚忧母。

二〇一八年八月十六日

南乡子·白露染边城

白露染边城，关月星河彻晓明。原上萧疏行欲尽。嘤嘤，物
候催新赴远征。
复短信铃鸣，叩屏云端送几程。嘱咐客心千里去。轻轻，有
待春池赏雨声。

二〇一八年十月十七日

一落索·江南唱

始端生怨谁人让，处幽添孤怆。月边正是少云时。莫放任，
江南唱。
兴有素风清荡，顿然心灯亮。欲埋种子与心田。冬过了，宜
春样。

二〇一八年十月二十一日

蝶恋花·问答

说是青春留不住，倜傥风流，信步犹如故。时日常因时日暮，多情总被无情负。

念想平生曾几度，一半朝阳，一半黄昏路。往事观身须审顾，清心淡况凭谁赋。

二〇一八年十月二十四日

采桑子·读《庄子·知北游》

钟鸣更尽东方晓。渔火珊珊，白月娟娟，小坐临江邂逅山。

和光挫锐同尘悟。多助行安，寡助沉渊，从道归一法自然。

二〇一八年十月二十六日

渔歌子·芸窗

松窗古琴喜今闻，弦正熟娴自韶音。虽年迈，与时新，光明磊落近可亲。

二〇一八年十月二十七日

渔歌子·勤学

梧桐枝上垒年光，月残鸡鸣亮灯窗。三更醒，五更忙，家中出个状元郎。

二〇一八年十月二十七日

卜算子·雨半帘（词林正韵）

念里久深藏，不说堪沉重。花落庭前雨半帘，谁与东君共。

岁月不饶人，空老嗟无用。若是身心放下时，应许江南弄。

二〇一八年十月三十日

临江仙·开窗楼上月（词林正韵）

晚景沉沉秋意锁，垂帘香灭推衣。手机放在枕头西。信铃三两下，深睡不知谁。

无奈清宵留下债，欠诗添念千回。杜鹃啼断梦中归。开窗楼上月，薄雾掩寒辉。

二〇一八年十一月四日

渔歌子·筱舍

竹间筱舍窃身闲，于兹雕虫挂心田。百姓事，口悬谈，且听人间养民弦。

二〇一八年十一月七日

桂殿秋·川北道中（词林正韵）

天未晓，月尚清，中铁筑路已出征。开山炮响回霄汉，触处欣闻十里听。

二〇一八年十一月十四日

渔歌子·布朗茶树

不爱平川却爱山，抱团连片上云端。不争巧，好争先，永留清味在人间。

二〇一八年十一月十四日

渔歌子·巫山神女峰

蠢立巫山不计年，逢人节物每流连。星明灭，月缺圆，久经风雨未改颜。

二〇一八年十一月十五日

卜算子·不染自无尘

不染自无尘，何必禅堂坐。往事如烟是与非，对错分毫末。
千古往来人，悲喜皆经过。雾去云来隐大山，世幻谁识破。

二〇一八年十一月二十二日

西江月·来彩信（词林正韵）

久坐书斋煮茗，淡烟疏雨梧桐。天均瑞气付春工，乐此何人与共？
睡眼惺忪初醒，欢闻消息叮咚。音容处所过帘栊，彩信天涯相送。

二〇一八年十二月一日

临江仙·听落雨风追（词林正韵）

桃李氤氲吐秀，嫣痕尽染须眉。江山如锦九重回。看行云夕照，听落雨风追。

多少儿时伙计，如今物是人非。流年浮世影从随。匆匆皆是客，谁可往来回？

二〇一八年十二月四日

临江仙·短信复兰振（词林正韵）

三日积寒天晴未，侵窗小雪飘零，风疏枝瘦落花亭。镜前惜两鬓，何尚不关情。

短信得知君南去，未能空酒杯行，已开高铁岂追停。摘来川上月，托付寄年兄。

二〇一八年十二月六日

渔歌子·某人

左右逢源自在身，遁迹黑白样非真。开口好，见人亲，如此派头世所尊。

二〇一八年十二月七日

渔歌子·赋词

胜揽催化锦句生，付与沧海不平鸣。寻李杜，忆苏卿，清流逸响坐独听。

二〇一八年十二月七日

注：苏卿，苏武。唐代李商隐《茂陵》诗："谁料苏卿老归国，茂陵松柏雨萧萧。"清代陈维崧《大江乘·闻雁》词："不如北去，怕苏卿雪窖将老。"郁达夫《春江感旧》诗之三："一梦扬州怜杜牧，廿年辛苦忆苏卿。"

落日長河　北風征鴈大漠
夕盦攬龜　故里升平萬墾
象樓臺歌舞樂市芳邨墾

土圍田搏沙植對飛架天
橋車入雲誰個贊著風光
無限鞭馬昆崙休須引愁

三嘆問殊常美馬恩列斯
真數塞關踏雪故園耕雨
杏壇傳道每事躬親歲月

嶒嶸身平生夢念家國
甘許書生意氣守志宜民
好未負青春

壬寅大雪青沼遂行昌貴
孟慶武先生沁園春

沁园春·耕雨（词林正韵）

落日长河，北风征雁，大漠夕氲。揽龟兹故里，升平万象，楼台歌舞，花市芳村。垦土围田，抟沙植树。飞架天桥车入云。谁个赞，著风光无限，鞭马昆仑。

休须引愁三叹问，殊常矣，马恩列斯真。数塞关踏雪，故园耕雨，杏坛传道，每事躬亲。岁月峥嵘，书生意气。守志宜民甘许身。平生梦，念兹家国好，未负青春。

二〇一八年十二月三十日

临江仙·世味（词林正韵）

世味尘缘容可断，朝来暮去年年。问天问地问神仙？是非何所欲，长短易何难。

澹冶眉黛春山笑，词中舟子无言。忽来消息雨轻寒。度生时幻现，抱一守丹田。

二〇一九年一月二日

渔歌子·抵海南岛

一柱南天藏玉龙，鹿回头处近溟鸿。鹦哥岭，五云峰，入山采翠踏瑶琼。

二〇一九年一月五日

渔歌子·推敲（词林正韵）

未伤斯文不讳名，宁避推敲借神灵。胆剑鬼，力穷兵，文章千古勒石铭。

二〇一九年一月七日

桂殿秋·观齐白石《宰相归田图》

三尺画，宰相图，白石笔下意味殊。伤廉宁肯穷成盗，涕笑人生得自如。

二〇一九年一月十一日

临江仙·瘦影

瘦影孤灯如是，一帘清夜寒侵。云笺竹管叩琴心。俏枝初绽蕾，香气好风熏。

听罢高山流水，还来古调沉吟。文思何让泪沾襟？情澜漾四海，林壑有知音。

二〇一九年一月十五日

渔歌子·归乡

四十一年弹指间，春风吹绿旧时山。路宽坦，巷邻迁，著史却喜有新篇。

二〇一九年一月十六日

渔歌子·鲁迅

弃医从文启民章，横眉投枪为国殇。龄虽短，寿无疆，甘为孺子已盈腔。

二〇一九年一月十七日

渔歌子·客来

敲门相呼已摁铃，脚重身乏步难行。呼老伴，喊从甥，许是异乡远来朋。

二〇一九年一月十八日

生查子·落花诗

身单何胜寒，思重添烦恼。明月破中宵，但向文房扰。
聚无期，离未了，樽酒知多少？苦雨落花诗，入梦千般巧。

二〇一九年一月十九日

喝火令·读夜（词林正韵）

读夜三分味，拈花两袖香。又来听雨伫西厢。唯怕手机来信，生是锁屏窗。

执笔随心窍，呼灯试采章。万山风景指间藏。怎奈如今，鬓角白成霜。若不已知无用，放胆景阳冈。

二〇一九年一月十九日

鹧鸪天·赠甘南李牧师

自是甘南一牧师，热凉甘苦少人知。馨兰秋月赊三昧，鸠雨熏风两入时。

天无怨，地非痴。却将春字剪成丝。今宵但遣东君顾，边落桑田披翠衣。

二〇一九年一月二十三日

生查子·上元节观灯

朝雨暮初晴，结伴观灯去。采采向清郊，落落生芳趣。衣宽行带风，鬓乱沾花絮。十里上元街，捡拾称心句。

二〇一九年二月十九日

渔歌子·过天目山

无限烟花二月间，风采别致染秀山。云翯翯，燕喃喃，洞天消息著韶年。

二〇一九年三月五日

桂殿秋·荷塘

时过午，雨新晴，绿房翠盖转如蓬。蜻蜓点水织云绣，巧晕红波软又轻。

二〇一九年四月十二日

渔歌子·玉兰

堪比腊梅巧耐寒，皎皎白如玉清颜。别俗样，自卓然，开人庭院尽调元。

二〇一九年四月十五日

鹧鸪天·花落

花落何时莫惜乎，能曾一现亦知足。来来去去终成古。日月光华天地浮。

春属物，并非殊。丹心赤子志踌躇。挑灯更夜平生用，不羡青飙万里途。

二〇一九年四月十六日

思远人·遥见西山

遥见西山春染暮，江浦客舟渡。胜残花老了，风肥枝瘦，疏落可人护。

任由社燕呢喃赋，不必问出处。待到颍上来，晓听三唱，耘耕助田户。

二〇一九年四月十九日

渔歌子·观摩崖石刻（词林正韵）

百味红尘未足观，东坡题处字斐然。人劫难，鬼成全，茶余饭后一千年。

二〇一九年五月三十日

渔歌子·访谢云（词林正韵）

日晓云开薄绛纱，倦游何处托仙槎？三面水，一川花，隔河喊话谢云家。

二〇一九年六月五日

相见欢·依旧

酥花又染新红，岁阴穷。冷夜疏风寒影，月溶溶。

云路杳，芳年老，转头空。浩气苍生不负，背如弓。

二〇一九年六月六日

渔歌子·野炊

钓鱼上岸负新炊，东风助火不用吹。汤碗俏，片帆归，客人带燕杏花飞。

二〇一九年六月七日

清平乐·星稀月晓

星稀月晓，清露寒芹草。花落深宵知多少，白发催人易老。

春好生梦何时，衔欢枕上寻词。最忆佳期芳岁，同窗相互学习。

二〇一九年六月七日

渔歌子·本是

本为仰天长笑人，问何林下叩法门？千古事，自循真，今春非是去年春。

二〇一九年六月七日

渔歌子·旧时光

闲来偶忆旧时光，少衣缺米透风墙。望北斗，指天罡，春阳三月闹饥荒。

二〇一九年六月七日

渔歌子·泛舟（词林正韵）

寒气侵人泊潇湘，初升山月泻流光。风送户，影疏窗，芦花鱼浦泛青苍。

二〇一九年六月七日

卜算子·如初

南辰转天罡，北斗升云户。法象无边道自然，机理谁人悟。
舟泛水生涟，花落风成故。使命如初担在身，不顾苍颜驻。

二〇一九年六月九日

渔歌子·于西湖苏堤

诗文书画启新篇，久闻丹籍号苏仙。名冠肉，筑堤三，一蓑
烟雨可走天。

二〇一九年六月九日

注：苏轼，号苏仙。

东坡肉，据传苏东坡在杭州任知州时，组织百姓在西湖修堤，城中百
姓为此抬猪担酒作为答谢。盛情难却，苏东坡收下猪肉，命人将猪肉切成
方块，烧得红酥酥的，按民工花名册，挨家挨户分送给他们过年，老百姓
称此为"东坡肉"。

筑堤三，苏轼一生筑过三条长堤，即杭州西湖筑堤、颍州西湖筑堤、
惠州西湖筑堤。

渔歌子·逛市场

来逛市场亦何殊，为补缺页觅珍孤。辨赝品，鉴遗俗，看是满眼有却无。

二○一九年六月九日

渔歌子·过苏坊（词林正韵）

一日清游客苏坊，焦尾琴凑起宫商。颍滨老，著书狂，优俳杂戏未肯尝。

二○一九年六月十日

渔歌子·临髯翁草书帖

威武斯文两绝伦，师出王谢弟高门。名佑任，号骚心，草书法帖冠古今。

二○二一年六月十日

小令三首

一

月圆月半，风聚风散。大千世界不由便。年复年，古今迁，自然法则无昏旦。归雁沉沉云片片。望，莫生叹；听，莫生叹。

二

空山鸟语，沉云飞絮。尚寒乍暖循天续。洞庭橘，武昌鱼，珍馐美馔添芳醑。今夜只为明月侣。诗，个中趣；酒，个中趣。

三

花开昨夜，匆来风遽。散云吹落沾泥絮。鸟徐徐，落照余，惹人生怨添情绪。回首切闻鹦鹉语。思，不足许；学，不足取。

二〇一九年六月十一日

渔歌子·杂作

尽练坑蒙拐骗功，堂皇加冠好名声。朝点火，暮扇风，风风火火作妖精。

二〇一九年六月十一日

蝶恋花·正是人间春满袖

越过芙蓉穿过柳，社燕归来，又把蓬门叩。正是人间春满袖，香风花雨浓如酎。

彭蠡一舟容邂逅，得此难求，缘起苍天佑。何日拨云开远岫？八方和乐升平凑。

二〇一九年六月十一日

中吕·朝天子·四时

日归，月回。都与苍生兑。青槐碍落掩柴扉，畎亩生余累。春夏冬秋，风霜来未。诗思当寄谁。絮飞，鸟飞。都是其中味。

二〇一九年六月十二日

渔歌子·夏日记事

烦人知了叫不停，叩门来客未闻声。且莫笑，耳如蒙，两鬓已白岁半程。

二〇一九年六月十二日

桂殿秋·野趣

风柳下，颍河边，三五短童斗水酣。鸳鸯对对耽叶底，小雨无心画圈圈。

二〇一九年六月十三日

鹧鸪天·邓城叶园

春深日浸叶氏园，林高巷僻路回还，水长云短船蓬俏，风近乌惊门半衔。

主人去，院荒蛮，庭前槛外意珊阑。昔时小径拙迷处，侵草生苔沾柳绵。

二〇一九年六月二十七日

小栏干·绣

　　容色苍然入新秋，湖上采莲舟。水村渔火，劳歌晚唱，月下鸥鹭。

　　天涯一去离人苦，何事了闲愁？绮窗灯下，绣花团扇，更忍凝眸。

二〇一九年六月二十七日

渔歌子·蝉噪

　　午后枝间暮蝉声，长短高低借西风。惊南宛，贯东亭，聒噪充耳不忍听。

二〇一九年七月七日

桂殿秋·观虎图

　　墙上画，虎一只，生威未把蚊蝇吃。风声鹤唳实无惧，壮胆何须大法师。

二〇一九年七月二十八日

采桑子·七夕

仰观牛女空寥寂。岁岁七夕，今又七夕，河汉苍苍讵可期。
千年故事谁当数？原上清溪，坝上清溪，旖旎风光杨柳堤。

二〇一九年八月七日

渔歌子·吟秋

秋深自有爽气来，无眠连晓上露台。明月下，影徘徊，更将
清趣纵吟怀。

二〇一九年九月六日

桂殿秋·对弈

今日累，未休息，与邻布阵黑白棋。格中落玉攒三二，少爱
习兵老更痴。

二〇一九年九月八日

卖花声·中秋

气爽解烦喧，灯火珊珊。浸寒清露助人闲。一阵风来凉欲透，独自亭栏。

况未鬓霜添，何叹流年？欣闻楼上舜琴弦。花好月圆今又是，天上人间。

二〇一九年九月十三日

桂殿秋·月正圆

春已退，夜尚寒，朱帘影印白玉兰。催眠小曲江南调，碧海银纱月正圆。

二〇一九年九月十九日

渔歌子·五朋游山（词林正韵）

村西茅店小河旁，踏青何曾问斜阳。邀伙计，趁流光，纵歌放怀舞云觞。

二〇一九年十月四日

渔歌子·石榴

　　自家石榴果浑圆，如挂黄钟应管弦。姿色好，味甘甜。客来作礼入华筵。

二〇一九年十月五日

临江仙·同学聚会

　　已是多年未见，相逢叙语何题？初心如许话流离。暮垂花过往，无所证高低。

　　自有西风冽冽，时曾芳草萋萋。当怀陈事几相宜。兹来南北去，何日再牵衣？

二〇一九年十月十五日

醉花阴·青罗绣

　　独上楼台团月瘦，清影随人后。丹桂尚余芳，露浅寒薄，呵手轻闻嗅。

　　靓妆玉照青罗绣，流线风吹皱。巧手绘花仙，红绿鸳鸯，一改时年旧。

二〇一九年十月十六日

渔歌子·起早

坠露无声月上迟，山衔牛斗弄寒枝。出行早，鸟先知，随人伴唱著清诗。

二〇一九年十月二十六日

生查子·访友人不遇

冰薄花透肌，雪厚风吹散。出户五更天，过浦三源涧。
山深石径幽，林隐泉声断。道转复登临，相访未谋面。

二〇一九年十二月二十一日

桂殿秋·相问

云杳杳，雨蒙蒙，轻舟载歌江上行。山姑采采耕茶圃，相问隔川路几程。

二〇二〇年一月三日

桂殿秋·搓澡工

还得干，夜近更，为人灸背汗流声。今天已是三十晚，卖力资学未放松。

二〇二〇年一月四日

桂殿秋·盼归

除夕到，又一年，拖儿带女打工还。扶藤老母村头站，翘首风中不记寒。

二〇二〇年一月九日

赶五句·家园

一

水绕村头泻古湾，漂泊郊路里山连。

篱笆老井白柴垛，竹门石臼木栏杆。

曲径从人不避嫌。

二

郭北无丘只野田，成围二亩属梨园。

果熟来客多因买，书著闭门非遣闲。

种雨耕烟各有缘。

三

去来无用逐灵槎，东采蘑菇西采瓜。

赶雨追风鞭策马，拾星扪月手拈霞。

枝头挂果美如花。

二〇二〇年一月二十七日

桂殿秋·早春

风浸夜，雨湿晨，衔泥燕子正寻门。东墙已是花初绽，莫怪先前未扳春。

二〇二〇年二月二十一日

临江仙·耕农

　　柳色青青澹荡，行人楚楚雍容。虚帘疏扫杏桃红。薰风送燕语，沃野事耕农。

　　已是朝夕伺种，非怜茅舍栖踪。随云随雨不无同。超然于物外，何著动天聪。

二○二○年三月七日

鹧鸪天·庚子大寒节

　　凄风苦雨小大寒，不觉转眼又一年。春阳依旧循节序，学路村童往复还。

　　新非旧，旧成烟。街头灯火正阑珊。笔尖触处分明辨，何苦清词尚未填？

二○二○年三月八日

桂殿秋·悯农

石臼臼，木榔头，泥巴垒墙非筑楼。家贫贵有一双手，置办春光与老牛。

二〇二〇年五月三十日

渔歌子·枕上作

窗外风浅落花轻，屏上敲诗未点灯。芭蕉雨，夜三更，点滴入韵仄平声。

二〇二〇年六月六日

临江仙·朝暮

朝朝暮暮还复又，南山钟鼓谁听？四时风雨系民情。月明枝上雪，怎可作梅卿。

茫茫人海皆市里，身名孰重孰轻？忧怀总是念黎氓。止行承法道，方向是心灯。

二〇二二年六月十二日

桂殿秋·打渔歌（词林正韵）

篷影去，打渔舟，荷叶雨点各成秋。听声过午舱头睡，一网金鳞梦里收。

二〇二〇年八月二日

桂殿秋·题《翠鸟图》

红嘴鸟，立竹竿，三冬叫遍叫春天。时常遣兴云中客，偶伴蜻蜓点水圈。

二〇二〇年八月三十日

渔歌子·大凉山闻见

雷电江头骤雨来，交加风夜杜鹃哀。狐假虎，狗凭豺，风光云上轿夫抬。

二〇二〇年九月十日

桂殿秋·人北上

人北上，过辽西，山高路长白云低。沙场马背诚无昧，问道江南未可期。

二〇二〇年九月二十一日

桂殿秋·闻秋

披冷露，伴风灯，依稀碎响月寒清。忽来雁叫空寥唳，几处惊秋寂寞生。

二〇二〇年十一月二日

渔歌子·山高秋早（词林正韵）

常守高山自胜寒，今年秋早比从前。鸿已过，牧回迁，小河留在白云边。

二〇二〇年十一月九日

清平乐 · 龙湖晚秋

舟楫湖上，撒网白云晾。夕照波涌生万象，水色天光荡漾。

任使叶落纷纷，稍歇知了鸣音。无系西风恣肆，渔火忙送黄昏。

二〇二〇年十二月二十四日

桂殿秋 · 秋夜

秋桂落，月团团，枝间翠鸟睡银盘。鼾声不扰潜蛩唱，远磬能惊几户眠。

二〇二〇年十二月二十七日

桂殿秋 · 初雪

冬乍到，雁南翔，授时历日催草黄。山川自可翻新样，不作浓妆作淡妆。

二〇二一年一月五日

冬尔到雁南翔授時曆日催
葦黄山川自玉翻新摧不
作澹收作淡妝

立慶武友桂殿秋初雪壬寅之冬楊遠明書

鹧鸪天·山村（词林正韵）

家住云中十里山，如绳小路万千盘。三春生雨得天润，一夜生霜添晓寒。

梯子路，石头田，围村高树寨连绵。枝头喜唱黄鹂调，老少咸宜巷里看。

二〇二〇年十二月十六日

桂殿秋·腊子口

腊子口，水绕环，林深雾锁扼甘南。当年抢渡惊天战，将士三千几未还？

二〇二〇年十二月二十一日

注：腊子口，位于甘肃省迭部县东北，周围群山耸列，峡口如刀劈斧削，是"一夫当关，万夫莫开"的险要之地。1935年9月，中国工农红军突破国民党重兵把守的腊子口，打开通往陕甘革命根据地的通道。腊子口战役被载入中国革命史册和世界战争史册。

卜算子·耕楼（词林正韵）

人去玉门关，西望堪肠断。时见春来花又开，不忍妆奁面。
含块燕堂前，由得东风便。争奈耕楼苦作吟，素影来相伴。

二〇二一年一月九日

注：素影，即月影。

桂殿秋·山上住

一

山上住，近云涯，通绕往回伴烟霞。抬头可见天王殿，举手能摘月桂花。

二

山上住，近云涯，风多雨少时令差。春分夏至都无碍，落雪吹开六月花。

二〇二一年一月十日

桂殿秋·尚年轻（词林正韵）

吾耳顺，尚年轻，冬泳颍河常破冰。爬楼一步登三磴，趁月看书不用灯。

二〇二一年一月十一日

桂殿秋·观朱耷《山水轴》题句

山列阵，起雁行，烟村木屋篱笆墙。边行款识分明辨，雪个合题潙益藏。

二〇二一年一月十四日

注：雪个，即朱耷（1626—1705），号八大山人，雪个。潙益，即方潙益，晚清十大收藏家。

桂殿秋·记事

一

年尚小，志犹坚，农闲上学农忙田。编筐画画年关卖，为抵娘亲治病钱。

二

寻过往，问哪堪，饮有井水食无盐。年来律动三冬冷，骨瘦身单被少棉。

三

虽说苦，未觉难，一只母鸡供学钱。缺麸少米鸡无蛋，地上习书字可怜。

四

寻旧梦，访故园，油灯尚在磨如前。年光已久蓬门破，睹物思人老泪弹。

二〇二一年一月十七日

定风波·呼来明月与舟摇（词林正韵）

才调名流无尽娇，风姿绰俏更风标。行若纤纤声细细，如是。时光静好上眉梢。

八字打开新世界，真快。世间多少是徒劳。物序三迁春已到，年少。呼来明月与舟摇。

二〇二一年一月十八日

桂殿秋·春夜

春夜浅，俭梳妆，松风隐隐未息腔。鸡鸣断续催天晓，返影青苔印月光。

二○二一年二月五日

拟令二首

说文

殷勤地亩，乐事兰圃，风骚咋误等闲度。九老图，五经书，文卿不让脂填腹。三义说来兴比赋。人，莫泥古。诗，莫泥古。

望月

清辉淡雅，传说佳话，银光似水心头画。转海涯，落山垞，深锁寂寞空广厦。总把乡愁垒天下。圆，也牵挂。缺，也牵挂。

二○二一年二月七日

桂殿秋·风渺渺

风渺渺，雨疏疏，呼朋畅饮杏花都。新词旧曲陈年酒，似俏枝头二月初。

二○二一年二月二十八日

渔歌子·叹花

何叫春风入院来？哄得桃杏早兰开。丰采采，胖朦朦，可怜日后碾成埃。

二〇二一年二月二十八日

思远人·春息花入户

犹是春息花入户，何让社家妒。等闲原上去，清风佳树，些许品迟暮。

落英不被残阳误，气瑞著甘露。世事物已非，旧楼新主，王宅谢家住。

二〇二一年二月二十九日

桂殿秋·风款款

风款款，燕喃喃，名声各有尽随缘。春光乍泄山河艳，好雨知时浇旱田。

二〇二一年三月二日

桂殿秋·题画即兴

执笔著，以理观，风雅乐趣画中添。灵泉寺宇菩提树，尽在人间不在仙。

二〇二一年三月三日

渔歌子·冬耕

无须日历也知期，时序冬耕不忘犁。机器响，地翻泥，得食蛰虫燕难辞。

二〇二一年三月九日

桂殿秋·晚春塘

时雨过，晚春塘，浮光日影暖洋洋。闲舟横水人无去，气爽风清鸟自翔。

二〇二一年四月十二日

桂殿秋·山村（词林正韵）

村五户，水一湾，石阶木巷嵌云间。梯田叠串连成片，曲径悠长直入天。

二〇二一年七月十日

桂殿秋·采菱（词林正韵）

风飒飒，荻飕飕，野水横桥采菱舟。三三两两蓬莱乌，不伴渔声只伴秋。

二〇二一年八月十四日

桂殿秋·买房

秦汉瓦，宋唐书，市上换钱买居屋。文尘典故平生爱，已久珍藏不忍出。

二〇二二年一月十四日

蝶恋花·感春（词林正韵）

还是去年花落处，垂柳含烟，南北东西路。习习和风随乱絮，溪桥水榭人空去。

莫说春宵能胜苦，一刻千金，岂被良辰误。日后旅程还几许，青山客次谁为伍。

二〇二二年三月二十八日

桂殿秋·赠四融斋主

何洒落，且风流。文珍胜比仲宣楼。挥毫力扫俗埃尽，吐论经邦万古酬。

二〇二二年六月三日

思远人·残春（词林正韵）

遥见西天霞染暮，河上客舟渡。胜残春老了，枝头红瘦，疏落可人护？

任由鹦舌空吟赋，不必问来处。就纸墨旋池，布云挥笔，风光指尖注。

二〇二二年四月二十七日

渔歌子·同窗

同窗三载似哥亲，卅年一去信无音。来电话，嗓高门，未报姓名已认人。

二〇二二年八月二十一日

桂殿秋·秋夜园中

蕉泻露，桂飘香，池中返影皱银光。星稀月朗无拘束，更许吟嚼自在尝。

二〇二二年八月二十七日

临江仙·秋日

忽起秋声凋碧，风来始觉衣单。黄云迟后雁书天，海川三万里，征路北归南。

低向门庭花树，遥从眉月新弦。夜窗深坐凛生寒。只身犹远戍，触目是乡关。

二〇二二年九月二十日

书评

赏《竹斋听雨》集

　　庆武先生此集雅音落落，琼华玉屑，竞秀联芳，而佩实衔华，声希味永，尤见其旷度逸情与夫骚人胸次，猗欤盛哉！以言奚囊之富也，则萃集戊戌至壬寅五载之佳构，达六百多首之巨，足征才情之赡，无忝高产诗人也已！以言体式之备也，则囊括五绝、五律、七绝、七律及词中小令、中调、长调诸种形制，况各体皆神韵独探，清源自浚，有游刃有余之妙，弥可佩矣！以言风格之醇也，则奄有唐音，情以才彰，自运机杼之际，时出新意，诚如璞玉辉山，畹兰秀谷，令人时时为之击节而怡神也。至若题材之广，亦兹集一大胜处，观其集内，举凡言志抒情、咏物怀人、酬朋酢友、临水登山、观画听琴诸端，靡不见之吟咏，熔铸篇章，逸兴遄飞，堪谓性纯而感挚，情深而才隽，亦足觇先生之雅人深致，迥出尘滓，戞戞乎其难哉！

　　雒诵先生斯集中各体佳制，如入宝山，时逢瑰异。五绝一体，英篇络绎，《过塔中野炊遇老乡》云：

> 关山候雁翔，戈壁泛秋凉。
>
> 借具生炊火，方知是老乡。

　　全诗景溢目前，音留弦外，状绝塞边徼之苦寒，述他乡遇里人之惊喜，结二句语近情遥，与唐人崔颢《长干曲》之"停船暂借问，或恐是同乡"庶同声口，然更递进一层，遂耐咀嚼焉。《泊舟夜宿》云：

> 沙鸟已无多，收篷起棹歌。
>
> 泊舟息水上，入梦起风波。

　　前半刻画逼真，铸境清寥，一结言近旨远，含蓄精警，借水程行旅之体验，以言世路之曲折，江湖之多险，洵足令人一唱三叹，低回寻绎于无穷矣。《打渔》云：

岸村秋水上，江晓打渔舟。

起网星捞尽，一篷烟未收。

通篇清畅雅润，动静得宜，复兴会淋漓，神味渊永，曲曲写出渔家生涯之逍遥，江村秋晨之幽谧，遂得"五言绝语短，意长之三昧"。至若五言律一体，则精于琢句，属对工稳，时振金声，汇成逸响。其间，隽句纷披，才藻秀出，如"一池连栋月，四壁出墙花""归云萦远磬，斜日淡寒山""风缓舟无定，雨急云有根""洗砚呼江雨，挥毫振海山""松风度遥磬，冰玉漱幽泉"等断句佳联，或体物真切，或摹景清奇，率皆句响字稳，气逸调高，胎息古人而自具炉锤，斯得矣！若七言律绝二体，亦含英咀华，清新雅健。若七绝中《寄友人二首》之一云：

缘果三生相见迟，阳关别后已多时。

乞身归老了无悔，唯欠春风一扇诗。

怀人伤逝，婉曲深挚中寓坦荡怊怅之情，末句灵思涌出，涉笔成趣。《款水仙图》云：

何时名分作仙葩，冰骨莹肌碧玉华。

出水临风香四溢，婷婷不语伴诗家。

状物如生，仙骨珊珊，笔无点尘，融水仙之贞静与诗人之高洁于一体，正不知何者为物，何者为我也！集中七律为数弗多，然亦不乏可读篇章，大抵通篇稍弱而佳句时复一遭，若"挑灯心寄渭城客，落笔诗凭燕市秋""笔扫三秋风透背，墨分五色意皴梅"等断句庸音尽洗，气格骏快，堪称诗人气质，本色难掩。《归耕颍南》一首云：

自喜归耕颍水滨，鲈鱼莼菜与时新。

移窗斜日匆匆过，当户村烟切切寻。

生计非棋何布阵，世情似酒不劳神。

心空无碍穷天象，独坐芦荻把钓人。

自发心曲，超妙洒落，一片神行，堪与陶渊明《归去来兮辞》同读矣。

先生于填词一道亦独擅胜场，此集录四年词作一百余阕，率皆句妍韵美，宫商合度，词风则和婉清畅，韵淡思幽，胎息北宋诸家为多，颇称得髓。《临江仙·瘦影》一首云：

瘦影孤灯如是，一帘清夜寒侵。云笺竹管叩琴心。俏枝初绽蕾，香气好风熏。

听罢高山流水，还来古调沉吟。文思何让泪沾襟？情澜漾四海，林壑有知音。

上片言词人独处房栊，瘦影伶俜，予人以孤高冷寂之感；下片则借琴音而抒怀，发幽思以念远，一结振起，感情基调亦化郁伊为开朗。通篇寓情于景，馨逸要眇，温厚悱恻，无忝佳构！又如《渔歌子·泛舟》：

寒气侵人泊潇湘，初升山月泻流光。风送户，影疏窗，芦花渔浦泛青苍。

此首取境幽邃，思路深隽，俨若一幅潇湘夜泊之图，使人翛然意远，顿生风露非人世之感，堪称无一字不清俊，无一句不淡雅，令人讽诵百回而不厌。

孟子云："颂其诗，读其书，不知其人，可乎？是以论其世也。"旨哉斯言，于我心有戚戚焉！庆武先生幼诞郸城，少习农学，自丁年以还，以干练之赋性，秉为民之丹忱，爰从政为公仆，供职周口市党政机关，迭任多职，各有建树，公务丛脞之余，先生不辍吟咏，雅嗜丹青，先后有《戈壁草》《风雨竹枝常系怀》《颍河风——闻竹斋诗稿》等专集绣梓问世，诚中州诗风之传钵佳士也，欤欤美哉！

张青云

壬寅小雪前三日于海上致远斋

原载《中华辞赋》2023 年第 5 期

《竹斋听雨》读后

我对当前风行的一味谀近媚熟的诗评风十分厌恶，所以除诗刊朋友特约，尤其不看也少与人评。此前，《中华辞赋》副主编江岚兄，介绍其乡兄孟庆武先生的《竹斋听雨》电子版于我，当我展卷通读时，顿觉"无边清气卷空来，河岳平生扪鼎才"。一个一身正气、温文尔雅的谦谦君子如现眼前。那"调雅如人每藏拙，情真似水直流东"的诗句，吸引我捧读成诵，爱不释手。

《竹斋听雨》气韵宏阔，充满家国情怀。写在新疆支边，其《大暑日作》云：

> 未许从戎却赴边，疾风走马雪如拳。
>
> 已无烽火添仓象，但见寒关挂月弦。
>
> 青鬓光阴空有配，书生意气愧冲天。
>
> 肩头锁任骨还硬，岂敢南山林下闲。

开篇便把人引入"疾风走马雪如拳"的边塞风光，虽无烽火连堠的战乱，却依然是寒关冷月的艰苦环境。面对祖国的召唤，诗人襟抱冲天意气，在艰巨的任务面前，只有克服艰难险阻，不敢有一时怠慢，俨然有走马关山的大唐之风。

疫情突发时，诗人急国忧民难，与国家人民同呼吸共命运。在《有感武汉抗疫》中写道：

> 肆虐病毒何处来？楚荆有染众人哀。
>
> 金猪禅让鼠仙到，雷火山神法力开。
>
> 从令三军能赴死，无眠百日岂嫌差。
>
> 一方有难八方助，自信九州能攘灾。

以"从令三军能赴死，无眠百日岂嫌差"的气概，表达随时听候祖国召唤的决心，坚信在一方有难、八方支援、举国通力合作的努力下，一定会夺取攘除疫灾的彻底胜利。

党校姓党

党校讲堂言党声，绝非容乱念歪经。

笃行不怠展风貌，愿做三牛万里征。

面对党校党旗，诗人发出抵乱笃行的誓言，牢记总书记的教导，誓以三牛形象为榜样再踏征程，家国情怀跃然纸上。

同样是抒志铭心，因为孟庆武诗词运用的是传统诗词语境中的诗的语言，符合古汉语语法的基本规律，遣词造句、取象寓意，完全符合文言文和古典诗词的审美要求，所以其诗词耐人寻味。

古汉语语法与现代汉语语法有很大区别，古汉语多单音节词而且往往一词多义。孟庆武的诗词中，词法、句法也是按照古汉语语法规律组合，诗句读来清新自然。例如，《党校姓党》中的"党声"，已非"党"和"声"的机械组合，在此，"党声"已成为诗的语言，代表着中国共产党的章程、政策、规定等所有声音。另外，诗中"歪经"代指所有违背党和国家政策规定的文字及声音。形象比喻和借代象征的手法是中华传统诗词的语言，诗的语言组成了诗之语境。

《竹斋听雨》长于托物抒情，引深入化。如：

初夏园中作（平水韵）

独著书斋掌上身，不知时日过三春。

凭栏咏絮何才配？花束隔篱香扑人。

掌上三春苦，匠心唯自知。

宿白沙沟闻寺鼓

开卷夜三更，山门答鼓声。

细听得良悟，点亮是心灯。

得造化心灯。

闻雁

古寺白云下，朱桥绿水边。

灯孤心愈静，月满斗非偏。

妙偈吟长坐，清音得养闲。

西风催雁叫，不扰洞中天。

古寺、朱桥、灯孤、月满，四个意象实写，渲染出空灵的意境，妙偈以得清音，出神入化，到达西风雁叫无以为扰的境界。

五老峰下

绝峰入九天，玄女下夕烟。

湿网船头晒，浮云郭外悬。

六时皆有悟，五蕴各随缘。

循道人缄口，无言无不言。

由奇峰引来九天玄女，乘烈日浮云，连接天上人间，使感悟升华，了然人生百味，无言无不言。

《采桑子·读〈庄子·知北游〉》云：

钟鸣更尽东方晓。渔火珊珊，白月娟娟，小坐临江邂近山。

和光挫锐同尘悟。多助行安，寡助沉渊，从道归一法自然。

诗人在钟拂晨晓之际，和光挫锐，临江兴发，深悟得道多助，从道归一，道法自然的至理名言。景以神会，自然过片，使情景交融，使顿悟兴发顺理成章，从容不迫。

作为亚圣之后，孟庆武有自觉遵循儒家诗礼观念观察世间万物的心境，儒家的礼义廉耻和家国情怀与共产主义思想的无私奉献有异曲同工之效。进入传统诗词心境，观察世界就会淡泊名利，状物抒怀就会清新高远，就会远离现代生活的浮躁、浮华、红尘功利，就会像古代圣贤那样，以纯净、超然、审美的心境去观察世界、热爱生活。老子讲回归婴孩，孔子讲赤子之心，孟子讲浩然正气，都是强调葆有一个纯净、真朴之心的重要。孟庆武诗词能在慎独基础上保持童真。例如：

荷

田田荷叶静脱尘，独占风光自胜春。

出水淡约无挂碍，花遮翠盖入云深。

了无挂碍，独守清廉，托物言情，不着痕迹。

人类生活是不可能无功利的，但审美活动却是绝对无功利的。要进行真善美的诗词创作，就必须有一颗慎独朴真之心，这是《竹斋听雨》托物言情，引深入化的源头。

《竹斋听雨》气格清新高远，充凝着儒雅闲适的文人气息。

夜读

中夜虚堂静，书读第几章。

蛩声无辨处，明月上东窗。

再现孟学士之词宗。

杏村

杏村临古渡，作客不因花。

趁得高风便，行舟向酒家。

直追王摩诘之仙游。

访本家

闲日城南去，渡河来本家。

门开人未见，一地玉兰花。

宛若刘宾客之雅会。

三首绝句，浑然一气，自然清新，无半点造作，更无斧凿之痕。前一首虚堂浮蛩，东窗明月，闲适恬静；后二首鸥朋别野，清风扫地，玉兰看家。每首诗都清新淡雅，直逼唐宋。

灵山逢二僧吟句

知有林僧门上来，一枝足贵过墙开。

潜闻松子阶前落，又见夕阳檐下埋。

格物追源终有悟，曹溪神秀亦无猜。

不须身置菩提树，见性心明何镜台。

诗中颔联景语，颈联情语，情景交融，尽显诗人之达观志趣。

假日

无忧自适乐清闲，营魄抱一尘几般。

止虑增华元气固，当怡减欲得延年。

生悲当去风吹面，添喜嗟乎手抚弦。

观化澄怀非用巧，忘机托兴步青山。

抱一啸尘，托兴青山，俨然谪仙情怀，东坡声口。

同样是状物抒怀，有气格清新高远和粗俗晦涩之分。孟庆武诗词之所以具备气格高远、清新淡雅之美，是由于自身加强了思想修为，自觉遵循古人抒情的基本模式，每首诗作均俱诗词之情境。

　　诗之情境，强调抒情要"哀而不伤，乐而不淫"，强调抒情的中和之美。由于诗人加强了自身修为，诗词自然会有清新高远的风骨、温柔敦厚的气韵。另外，孟庆武在诗词之余，还兼修书法绘画，不少写山水田园的诗作，还加入了舒缓顿挫和三远、留白的书画技巧，所以《竹斋听雨》多有温文尔雅，是一部深蕴浅唱、从容不迫之作。

小令三首·之三

花开昨夜，匆来风遽。散云吹落沾泥絮。鸟徐徐，落照余，

惹人生怨添情绪。回首切闻鹦鹉语。思，不足许；学，不足取。

"鸟徐徐，落照余"，平远，"回首切闻鹦鹉语"，悠远。

西江月·来彩信（词林正韵）

久坐书斋煮茗，淡烟疏雨梧桐。天均瑞气付春工，乐此何人与共？

睡眼惺忪初醒，欢闻消息叮咚。音容处所过帘栊，彩信天涯相送。

　　上片写景铺垫，过片处何人与共，引来消息叮咚，结语"音容处所过帘栊，彩信天涯相送"。彩信音容，情思幽深，深远。

　　包括在诗词用韵上，孟庆武有自己的主见，但他不是厚此薄彼，只是在诗词创作中，坚持自己的喜好，主要用新韵。前面提到了语境，孟庆武属于北方人，他的诗词不但遵循传统诗词语境，同时，还遵循中原语音没有入声的习惯。他偶尔也用平水韵写诗，只是一反诗界在题目后标注"新韵"的惯例，而标注"平水韵"，从而表明自己在现代语境中坚持新韵的的主张，不温不火，从容不迫。

　　由于具备了以上三境，诗人在状物抒情、取象传神时就别具法眼，托情于物就会独具一格。意象的扑捉和打磨，铸就诗词意境的高远宏阔，清新自然，沉郁深邃等风格，从而完成了中华传统诗词的语境、心境、情境、意境"四境"境界，使诗词耐读，使人们爱读并为之感动，这便是诗词创作的最高追求和最终目的。

李葆国

2022 年 10 月 29 日于北京石桥轩

我不立尘　尘不染我

——孟庆武其书其画其诗

于春展楮，择其萌，文有风云之润；于夏铺毫，观其长，格有迅雷之威；于秋用笺，摭其丰，笔吐星汉之华；于冬洗砚，呈其朴，辞有皎雪之素。时维中秋，纸墨相亲。风遣桂馥，欲写孟君。贯鱼目于案前，串明珠以金针。

老子云："名与身孰亲？身与货孰多？得与亡孰病？"谁能芸芸众生中去俗以静？谁能苟苟营营中持以初心？谁能居尘出尘，不坠青云之志？谁能如蚌含沙，孕育熠熠珠魂？孟君庆武，形归体制，持以素心，贞高绝俗，守德固本。以书问道，以画养真，以诗观世，以身求慎。

观其书：宽博温和，皆有师承。或苍古奇伟，雄厚古拙，增损古法，裁成今形；或姿媚横生，灵巧秀逸，自发清响，不拘时风；或清雅淡远，虚和萧散，尽妙穷神，气息空灵；或草里惊蛇，云间电发，不复修饰，有若生成。

赏其画：水墨相发，老辣穆沉。或翰染皴擦，疏松有度，苍岩峻岭，峭拔雄浑；或小桥流水，夕阳浮津，渔舟唱晚，鸥鹭翔云；或远山在窗，老墨呈拙，雨随云移，霞收月嫩；或驼铃鸣山，大漠落日，红叶唱秋，倦颜微醺。

品其诗：明言巧构，结藻清存。或外朴中膏，似淡实浓，丽而不艳，味比酒醇；或率性而为，不取诸邻，信手拈来，意象弥新；或风来水面，月至天心，薄言情语，悠悠天均；或偈傥远度，寂寞灵素，如觅水影，如写阳春。

王永彬云："风俗日趋于奢淫，靡所底止，安得有敦古朴之君子，力挽江河；人心日丧其廉耻，渐至消亡，安得有讲名节之大人，光争日月。"

窃以为，庆武先生应是"讲名节之大人"。着实应了那句"我不立尘，尘不染我"之真言矣。

桐之荫荫，凤以求鸣；海之邃邃，龙以求腾。我与庆武先生应为同明相照，同气相求之人。今不揣浅陋，弄文鬻辞，不会有攀附骥尾之嫌吧？若有，且听王阳明说："此心光明，亦复何言。"

张华中

癸卯中秋于一瓢居

《竹斋听雨》绝句浅析

当今国内高产诗人，我见过几位，但像庆武先生这么高产，还是大大出乎意料了。今年下半年他刚刚出版一本诗词选《颍河风——闻竹斋诗稿》，没想到他说又整理了六百多首将要付梓，而且锦囊之中还有数百首未定稿，居然还都是近作。庆武先生在体制内工作，尚未退休，每天万机之暇，能写出这么多格律工稳的诗词，这足以证明他的才情之盛，因为古今有此才情者也不在少数，但别人的产量为什么就没有这么高呢？答案或许是缺少雅兴吧。雅兴和一个人的性情、趣味、阅历、环境等密切相关，只有性情脱俗、趣味高洁、阅历丰富、工作和谐、家庭幸福的人，才会萌生大量的雅兴用于诗文创作，否则，日为琐事所困，心情烦躁，又何来吟诗填词的闲情逸致呢？所以，从诗词之高产，令人欣羡的更多是庆武先生志趣之高洁、雅兴之繁富和家居之闲适。关于诗文创作之奥秘，或言诗三百篇，大抵圣贤发愤之所作如司马迁，或言大凡物不得其平则鸣如韩愈，或言诗穷而后工如欧阳修，乃至如清代赵翼认为"国家不幸诗家幸，赋到沧桑句便工"。近人则断言，只有愤怒出诗人、忧郁出诗人，如此等等，都不错，都说出了部分真理。但是，他们似乎都忘记了历代大诗人、大作家出于治世者多，而出于乱世者少。南北朝时代的诗人如鲍照若生于盛唐，则可为太白，如谢朓则必为王维，如庾信则堪为杜甫。太白敏捷诗千首，平生所作何止万首？若无安史之乱，则绝不可能只有九百余首传世；杜甫生命的最后十年，若非生活在相对安稳的巴山蜀水，而且家人都在身边，他的作品未必能有千首之多，更未必能够完整地保存下来。欧阳修、王安石、苏轼都在北宋百年无事的年代活到六十五六岁，才能登上中国古典文学的最高峰，陆游更不用说，活了八十多岁，是在南宋相对比较安定的时期。所以，只有盛世才能出大诗人，只有盛世才能最大限度地保存文献，延续文脉，而乱世对于文人乃至整个文学艺术都是莫大的戕害。

说到国势与文运，古代那些昙花一现的所谓盛世和当今强大繁荣之中国，当然无法相提并论。所以，当今中国能够出现庆武先生这样的高产诗人，也就不奇怪了。

此前已多次拜读、赏析庆武先生的诗词作品，这次想专门谈谈他的绝句。绝句可以说是我国古代汉语诗歌中体制最为短小的一种形式，只有四句。当然，古代流传的诗篇也有少于四句的，比如《明诗别裁集》选有刘永锡《行路难》："云漫漫兮白日寒，天荆地棘行路难。"沈德潜称其"四字抵过千万言"。南北朝民歌还有三句的小诗，要么只是特例，要么不成体裁，于兹不赘。唐代之前的绝句称为古绝，之后的绝句多为律绝，因为绝句本身就只有四句，所以再写古绝就没有多大意义了，但古绝自此也并未完全消失。

胡适先生有一段关于绝句的话经常被人引用。他说："看一个诗人的好坏，要先看他写的绝句，绝句写好了，别的诗或能写得好。绝句写不好，别的一定写不好。"这话说得似乎有点绝对，清代王夫之说得更绝对，他说"不能作七言绝句，直是不当作诗"，但从这里也可以看出绝句创作对传统诗人的重要性了。从诗歌史上看，绝句是最受欢迎的体裁，也是名作最为集中的所在，即便是当今旧体诗坛也同样如此，七绝也最受欢迎，一枝独秀。在这部诗词选里，五绝尤其是七绝占了大部分，可见庆武先生于绝句也是非常喜爱并且非常擅长的。开篇第一首五绝《夜读》便甚佳：

> 中夜虚堂静，书读第几章。
>
> 蛩声无辨处，明月上东窗。

夜深堂静，蛩声唧唧，月色满窗，正好卸去一天的尘劳，遨游于书海之中，不过，诗人心中似有些许不安。诗的第二句便显示了这种端倪。按说此刻正宜安心读书，读到第几章了，诗人自己心里应该是有数的，但诗人却说"书读第几章"，可见心不在焉，但诗人有何心事呢？却不肯明说。第三四句仍然不作解释，只是写了两个场景，一是试图寻找寒蛩发声之处，二是走到窗前对着一轮明月久久地凝望。至于为何不安，读到最后，也不甚明了，但这并不影响这首诗的幽远的韵味，或者正是由于它的耐人寻味，才成就了这首颇富神韵的五绝。《访本家》这首五绝也非常出色：

闲日城南去，渡河来本家。

门开人未见，一地玉兰花。

诗人乘闲来访本家，可能本家知道诗人要来，预先把门打开了，所以，诗人进来的时候，还没见到人，就先见到了满院的玉兰花，接下来的情节便交给读者天马行空地想象了。可能本家听到院子里的动静，马上迎了出来，也可能本家出门沽酒去了，要劳驾诗人在小院里等那么一小会儿。总之，这是生活中很常见的一个场景，一旦被诗人发现并采入小诗便显得韵味十足。小诗的构思似乎很简单，只是按照时间的先后不经意地道来，但诗人对于火候把握得很好，他懂得何时打住才是恰到好处，然后多一个字也不再写，这种精心的安排，最大限度地保留了诗意，并且让这种诗意通过想象得以无限延续，这种手法类似绘画中的留白。品味这首五绝，我们很自然地想起唐代诗人贾岛同为五绝的《寻隐者不遇》："松下问童子，言师采药去。只在此山中，云深不知处。"诗意当然不尽相同，但留白的艺术却是一脉相承的。清代沈德潜认为在所有诗体中，五绝是最难写的，也许他有他的视角，但我认为一首五绝的难度不可能比一首七律更大，关键是要精通留白的艺术。《访本家》这首诗完全可以扩展为一首五律，比如像孟浩然的《过故人庄》那样，面面俱到地描述一下访本家的整个过程，但效果我想不见得比这首五绝更好吧。不过，白璧微瑕，这首诗尾句"一地玉兰花"，"地"字不够准确，且"一""地""玉"，三字并读，音节不响，若将"地"字改作"院"字，则不仅于义更贴切，音节喑哑之弊也可避免了。再看《独夜》：

独坐一灯冷，夜深人未归。

出门闻犬吠，街静满清辉。

夜深时分，诗人在灯下独坐，还在等候行人的归来，可能等得久了，心中有些忐忑，所以出门去看看，只听见远处犬吠隐隐，寂静的街道上洒满了月光，依然不见行人的身影。虽然有点担心，但这首诗的基调还是比较温馨而宁静的，无一败笔，堪称佳构。

此外，《银杏道中》"一日北风起，邻邻银杏黄。尽传颜色好，谁念历寒霜"有仁者悲悯之心；《过塔中野炊遇老乡》"关山候雁翔，戈壁泛秋凉。借具生炊火，方知是老乡"借鉴古人而自出机杼；《汉阳道中》"烟锁汉阳道，风开鹦鹉洲。苍山与苍鬓，相对各成秋"境界大气苍凉;《赠黎明兄》"难得一字痴，心绪使由之。倘若无执念，哪来千古诗？"深得千古名作不传之奥秘，都值得再三玩味。

七绝虽然每句只比五绝多了两字，全篇也只比五绝多了八字，但创作难度何止提高两倍！恐怕八倍、十倍也不止，可以说完全不在一个层次。明代杨慎曾说过：绝句"为唐人之偏长独至，而后人力莫追嗣者"(《升庵诗话》十一)。但即便是唐人之特长，在无数以绝句见长的唐代诗人里，后代也只选出六位作为绝句最高水平的代表，他们便是大家非常熟悉的盛唐李白、王昌龄，中唐刘禹锡、李益，晚唐杜牧、李商隐。在人们心目中，旧体诗常见六种体裁，即五古、七古、五绝、七绝、五律、七律，七绝和七古之杰出者同为诗坛天纵之才之偶像，七律则是展示深厚功力之重镇，而五言诸体皆不在其中。由此可见，七绝在后世诗人心目中的崇高地位。

本书中庆武先生所集七绝最多，说明他平时最擅长的也应该是七绝。我们也选几首佳作略加赏析。首先，看看《始信峰观日出》：

> 曙光渐把月光埋，登上黄山临古台。
>
> 始信峰前不信看，日从海底拱出来。

首句运用旧体诗常见的一句之中关键词故意反复以便前后照应加深印象的句式，这种句式用得好，常常能够出彩，这里的"埋"字就用得很传神，尾句的"拱"字则更出色。有动感，有过程，把日头从海底一点一点升上来的吃力的样子形象生动地展现了出来。

唐代著名诗人王昌龄、王之涣、岑参青年时期曾经漫游或者从军西北，写过许多反映西北边塞风光和军旅生涯的作品，可以说是西北边塞诗歌的开拓者，也奠定了他们作为我国文学史上杰出边塞诗人的地位。西北边疆作为地广人稀的地区，物质生活也许远逊于内地，但自从二王尤其是岑参远抵安西之后，其文学价值、内涵与底蕴却丝毫不弱于内地任何区域。新中国成立以后，尤其是改革开放以来，不仅西北本土的旧体诗人成长起来了，而且依然有内地诗人、词家远赴西北旅游或者工作，为当代西北边疆诗坛增添了新的光彩。庆武先生曾作为援疆干部在新疆生活、工作过一段时期，受西北雄浑壮丽风光的吸引，写下许多饱含激情的诗词作品。《赴轮台途中》即佳作之一：

> 日暮关山颢气凉，白沙荒草两茫茫。
> 西风起处牛羊散，几点归鸿云际翔。

其中意象富于西北地方特色，关山日暮，白沙荒草，西风萧瑟，牛羊散漫，白云深处，几点归鸿。诗人一直隐在诸多意象之后，不曾现身，但其情绪还是通过这些意象自身特有的色彩、声音间接地、缓慢地传达了出来，尤其是结句一"归"字透露出了诗人对故乡的思念。王国维把意境分为有我之境和无我之境，如果硬要如此分，那么，这首诗也许可以归入无我之境。然而，纯粹的无我之境其实是不存在的，也是没有意义的，就像这首诗，如果结句不点出归鸿，全篇皆在写景，便会显得散乱而漫无所归，不知所云的作品肯定不能算是佳作。所以，庆武先生这首诗仍然有我在其中，只不过表达得比较隐晦罢了。再看《寄友人二首·一》：

> 缘果三生相见迟，阳关别后已多时。
> 乞身归老了无悔，唯欠春风一扇诗。

从诗中出现阳关这样的地名，我们推测其也可能写于诗人援疆时期。诗人对这段友情非常珍惜，颇有些相见恨晚，阳关一别转眼已过去了多时。诗人援疆归来，终老家乡，认为没有什么值得遗憾的了，只恨临行前没有给友人留下一首诗。扇者，散也，临别赠扇，以表惜别之情。所谓一扇诗，未必真有那么一把扇子，诗人大约想借此表达当时行色匆匆，未能以诗赠别的遗憾吧。捧读诗句，我们似乎依然可以看到诗人的惜别之情仿佛缕缕轻烟依旧在字里行间袅袅地萦绕。

本书还有许多七绝作品颇堪讽诵。例如，《寄挪威兄弟》"风窗遥对挂银盘，为觅清诗人未眠。此地三更彼正午，团团明月不同看"见兄弟之情深；《闻丁公登泰山顶》"玉树临风四十年，言身未老志犹坚。风生脚下闲行处，小试泰安第一巅"见诗人之气度非凡；《小暑望后，同里初游，乘舟即兴》"即兴乘舟过弄堂，隔桥望月水中央。莫非识得南风面，偏遣荷花暗送香"结句着一"偏"字便颇得清雅之趣；《柿园》"瑟瑟寒烟时入冬，彤彤日脚夜初融。忽闻墙外柿林动，知是又来攀树童"三四句静极生动，遂令整首小诗充满灵动之气；《诗酒》"善饮能诗非一般，说来今古事千千。但狂不乱神能定，何误诗仙与酒仙"，这首诗如不出所料，应为诗人的自画像，可见诗人的自负，颇有些李太白可爱的狂气;《初三之夕永宁湖漾舟》"霞落平湖日落山，初三星夜月如镰。休言今晚南风软，只恐吹身刀样寒"南风已软，诗人应该感觉到了，但偏偏不承认这一点，却说只恐吹身刀样寒，可见寒气不是来自身外，而是来自心中，当是别有寄托之作;《问酒家》"隔空喊话问牛娃，何处山中有酒家？笑答沿溪桥北上，门前槐树正开花"出自杜牧而自具面目。限于篇幅，其他七绝佳作恕不一一点评。水平所限，文中不妥之处还请庆武先生和读者诸君批评指正。

江　岚
2022 年 11 月 29 日于涿州

《竹斋听雨》的哲学蕴含

诗人对世界和生活的观察，总是带着哲学般的感悟。常人只是看到，而诗人总是发现。诗人用哲学的视角发现生活中万物之间的关联、物与人的关联、情与感的关联。读孟庆武先生的《竹斋听雨》，感受诗人的哲学观察，哲学感悟，哲学思考和哲学蕴含。"竹斋听雨"是一幅画，一首诗，读到的是一份感悟，其中的哲学蕴含，穿石之力，激荡人心。

蕴含一：时空交错，情感统一

时空观是基本的哲学观，也是人在物质世界的基本区隔，但在诗人的眼里，因情感的存在，时间空间是一体的，有联系的。正因为一体和有联系，人与物才变得有关、有趣、有情。我们看《自然》这首诗：

> 东西南北中，造化古今同。
>
> 花落非因雨，天然逞妙工。

开头气势大开大合，"东西南北中"是空间维度，"造化古今同"中的"古今"是时间维度，一个"同"字，将空间维度、时间维度交织在一起，融为一体。有"秦时明月汉时关"之妙。为下文"花落非因雨"诗人的思考做铺垫，"天然逞妙工"这种感慨油然而生，随之而出。"雨打""花落"，是岁月更迭、万物轮回的规律，诗的字面、题眼明属自然现象，却读出自然之外的诗境。既然是自然规律、自然现象，有何写作意义呢？这里面就蕴含着诗人的感悟和态度。也许只有经历之人，才有共情之感。细细品味，别有意蕴。回头再品"东西南北中，造化古今同"就不是简单的时空观问题了，何尝不是对人生的一种哲思呢！再看《河西望秋》：

> 天寒晓气清，阡陌绕田塍。
>
> 瑟瑟风生籁，沉沉雁远征。

写的是时间，但也有此地彼地的空间感。实写此地，微观观察"田塍"，一个"绕"字写出秋天的荒凉，如果是茂盛的春天，也许看不到"阡陌"的视角盛况，只有秋季的荒凉，才能出现"阡陌绕田塍"。诗中写到早晨的气、风、田、塍，还有雁，也写到感觉中的寒、清、瑟，四个动词：清、绕、籁、征，构成一幅秋景图，听觉、视觉、感觉都用上了。诗人虚写了"沉沉雁远征"，雁行不会在早晨远征的，不符合常识，不远征又如何？"瑟瑟已风生"，大雁高飞多在午后，属于自主；沉沉雁行多属于被动飞行。大雁高飞与低飞的情景、心境和常识是不一样的，有主观情愿，有被动选择。但是此情此景"沉沉"一词有抑郁真闷之感。"沉沉"与"瑟瑟"相承完美，互为因果，水到渠成。以自然不和谐，成就行为的合理性。一词"远征"，体现出空间距离感，前三句都写近景，写小景，写眼前，实写客观存在。最后一句脱颖而出，写大景、远景，甚至虚写，抒发诗人的情怀和志向。本诗实写"望秋"，虚写"怀冬""思春"甚至"盼夏"，心境不同，意蕴不同。读此诗既需要领悟诗人看到的，还要领悟诗人想到的。

蕴含二：数质互量，个性统一

诗人善于从数量中观察规律性，从数量中寻找个性，从个性中寻找共性，多个个性就是质的共性，从中观察出个性色彩和共同规律。《竹斋听雨》善于从数量入诗，从中发现数质互量之美。如《五桥柳》：

> 依依五桥柳，疏瘦少人知。
>
> 从古赠别意，而今几入诗。

写柳树，古人善于写柳树、柳枝，柳叶，表达遒劲风骨，表达依依柔情，表达小情小爱小心思。五桥这个地方的柳树也是"依依"，随风摇动，依恋不舍，不忍分离，轻柔留恋，甚为缠人，却"疏瘦少人知"，体现诗人的怅然失落。古有陆游的"宫墙柳"、韦庄的"无情最是台城柳"、志南的"吹面不寒杨柳风"、苏轼的"枝上柳绵"、王之涣的"羌笛何须怨杨柳"、秦观的"人与绿杨俱瘦"，张仲素的"袅袅城边柳"、刘禹锡的"弱柳从风"、王昌龄的"陌头杨柳"、柳永的"杨柳岸"、李白的"风吹柳花"、王维的"柳色新"、贺知章的"绿丝绦"、晏殊的"春风不解禁杨花"、晏几道的"杨柳青青"……古人写柳树、柳枝、柳花、柳絮不胜枚举，五桥的柳树怎么没人知道，没有入诗的呢！五桥之柳，疏、瘦，都没有入诗的。多也好，少也好，哪怕有一根柳枝备受关注，这里有没有借物抒情之意！也有"少""无"这样的数量词，与"五桥"（地名，诗人也取五的数量之意）、古诗的集体量词，反衬诗人的怅然若失之情。再如《蜂巢化石》：

> 石中三寸楼，虽小四时悠。
>
> 梦蝶不知醒，涅槃春复秋。

这是一首富有情趣的哲理小诗。通过数量，写出大千世界。"石中三寸楼"开题即悬念，"三寸楼"是大还是小呢？还在石中，若是谜语很难让人猜出来，当然结合题目，方知是蜂窝。看似诗人嘲弄实为诗人向往，下一句就验证了读者的猜测，"虽小四时悠"，也是数量词。"小"是对"石中""三寸楼"的概括，"悠"是质量词，大也好，小也罢，"悠"才是生活追求。"悠"是生活质量的飞跃，哪怕三寸楼、哪怕石中小，哪怕一时，还是四时，一"悠"足够。"四时"即"四季"，不是一时一刻一瞬间，也不是一季一轮回，而是四季、全年、无时段，这也是数量词的飞跃。也是浪漫主义手法，从现实走到梦境，引入"梦蝶"典故，把看到的写成幻觉，梦境是幻觉，是不真实的。诗人却以为不然。醒是一种境界，梦是另一种境界。"梦蝶不知醒"，在庄周看来，梦和醒只是一种现象，是"道"运动中的一种形态，一个阶段而已。四时之悠，是梦，是醒，人生轮回又经历一个春秋。这里面体现诗人的世界观和生活观，蜜蜂辛辛苦苦、勤勤劳劳，在诗人眼里是梦亦悠，醒亦悠，是梦是醒，四时悠。

蕴含三：肯定自否定，矛盾自统一

世间事物自身矛盾体，在诗人的眼中，肯定是事物中维持其存在的方面，否定是事物中使其灭亡的方面，存在和消灭自有其规律性和客观性。比如《登孤山》：

> 孤山烟雨楼，多少故人秋。
>
> 五蕴归三界，自然非自由。

其诗即矛盾的统一体。"孤山烟雨楼"是诗人看到的现实世界，"孤山"不知哪里的山，反正是一座客观存在的山，是曾经人烟阜盛的山，只是而今冷落了，在诗人眼里成了"孤山"。"烟雨楼"谁看不出有什么典故，在诗人的记忆里也许有故事，有是非的存在，不管是繁华，还是阜盛，是萧条，还是冷寂，一切归一，孤山是孤山，烟雨是烟雨。"五蕴归三界"，这句用典很有意思，既有哲学意味，又有禅宗境界，五蕴中的"蕴"是物质世界和精神世界的统称，而且只有色蕴是物质的，受、想、行、识，四蕴都是精神现象，可见诗人沉浸在现实的身心世界。"五蕴归三界"，"三界"是佛学所指的：欲界、色界、无色界。或指"三有生死"，或指断界、离界、灭界等三种无为解脱之道，总之是生灭变化中流转。诗人在山和楼面前对人生的感悟，多少故人和"我"，在自然面前，一切归于自然，但是对于古今、对于你我，自然不自由，自然与自由并没有和谐统一，当然也许是客观世界与主观世界并未达到和谐统一。再如《说禅之什》：

> 浮世皆为客，清规非本缘。
>
> 无须入云寺，心净自参禅。

这是一首通俗的禅诗，语言通俗、道理通俗、诗境通俗。禅诗，大俗即大雅，《说禅之什》很流畅运用"肯定自否定，矛盾自统一"的哲学蕴含，表达"清规非本缘"的佛学思想，"浮世皆为客"也符合普渡众生的清规，大众营营扰扰，如溺海中，佛以慈悲为怀，施宏大法力，救济众生以便登上彼岸。"清规非本缘"，一字之"非"，表达诗人在世俗世界的清醒和自觉，"非"既是对前句"皆"的回应，也是对后句"无"的铺陈。虽然清规不是所有事物的根源、所有罪与恶的本原、所有因果的本缘，只要心静、心净、心诚，无须走到更远、更高、更偏、更净的寺庙，在哪里都可以"心净自参禅"。这首题为《说禅之什》的诗，虽看不出诗人的客观世界，也看不出诗人因何而发，但是可以看出诗人度禅之悟，冠以诗篇表达自己对禅的领会和感悟，用"皆""非""无""自"四个佛学词汇，或者具有哲学蕴含的词汇，表达自己的理解、概括和感悟，体现诗人参悟之透，领会之深，用词之娴熟，实乃生活通透，诗人不是禅师胜似禅师，不是高僧胜似高僧，不是诗人胜似诗人。再如《晨扫》：

> 昨晚睡得早，今晨当院扫。
>
> 推门一地花，梦里未知晓。

比起上述诗作，小诗颇有生活情趣，看似闲适诗，却颇有生活哲理，有着其积极的生活态度。开篇"昨晚睡得早，今晨当院扫"即白居易式用语风格。"推门一地花，梦里未知晓"这句很有诗意，读者都能读出来，"一地花"也许并非实写，即便是实写，很多人诗中落花多为林黛玉式的伤感，诗人却写的很轻快，甚至写到梦里，表明入眠很彻底，无惊无扰无忧，用现代流行话叫"睡到自然醒"，堪称人间一大向往。一个"未"字，体现诗境的更高境界和诗人更纯粹的哲学思想。

蕴含四：目的手段互因果，价值意义方统一

生活中的万事万物，目的和手段互为因果，才符合合情合理的逻辑，才能实现价值和意义的统一。世间之祸，多源于因果变异，通俗地说叫"拧巴"。《动物园观鹤》：

> 本是云中客，结邻作雀墙。
>
> 同科不同种，比翼咋飞翔。

鹤和雀，同为天上飞鸟，甚至"结邻作雀墙"，但属于"同科不同种"。这么近的高度相似，但也不能"比翼飞翔"。最后一句颇有哲学意味，耐人寻思。诗人用一字"咋"，替鹤与雀表达忧愁。看似"观鹤"，实则观人生。人与人同种，也不同类，有相似之点，更有异类之处，人与人达到同样的高度，是人世间的追求，实则不符合自然规律。这是诗人的思考，也是诗人的感悟。认识到人与人之间这一点差异，才能接受人与人的多样性。既反映了"和而不同，同则不继"的传统文化思想，也印证了"人比人，气死人"的俗语。不知诗人的诗感是否来源于此，实则诗人悟透了人生道理。

《赠木瓜》诗：

> 玫瑰香在手，带刺岂足夸。
>
> 报以非琼玖，予人是木瓜。

也是很有意思的哲学小诗，玫瑰是情人常送的礼物，它虽然有香，但玫瑰也有缺点，怎么能过度夸赞呢！木瓜虽不是琼浆玉液，但也是琼玖信

物。这里诗人引用《诗经》一典"投我以木李，报之以琼玖"，在古代木瓜也像今天的玫瑰一样，作为信物赠予他人，随着时代的更迭，木瓜赠人渐渐淡出世间，也有隐喻贤才被弃用或者遗用。诗人见到木瓜，想到此典，是很有现实意义的。作为礼物信物是目的，是玫瑰是木瓜，境遇不同，这是诗作真正的意义。

蕴含五：人生感悟不在言，自然蕴含大道理

《竹斋听雨》多是人生感悟诗，可以说无悟不诗，无感不诗，无情不诗。又有多少人能从诗人的观察和感悟之中，读出诗人的所思所想所悟呢？唯有知音方知己！来看《院中见闻》：

> 过户穿林风自徐，秋光长遣碧涵虚。
>
> 鸟声满院非惊睡，云影一池无碍鱼。

该诗体现了诗人融观察、发现、感悟于一体的哲学蕴含。"过户穿林风自徐"中"过""穿""徐"三个动词写出自然现象，"秋光长遣碧涵虚"写出眼前的空和无，"鸟声满院虽惊睡"，"满"字与上两句的"徐""遣""虚"形成对照，与下文的"无"互为因果。诗中写到户、林、风、光、池、鸟、云、影和院，这一切：动的，静的，虚的，实的，看得见，看不见，感受到，感受不到的，都与我无关，看似诗人的超脱，是否也体现诗人的避世的心境。诗人在此小院看到很多，想到就很多，哪怕是满院的风，满院的光，满院的池，满院的鸟，满院的云，一切皆空，与我无关。全诗用词平和，心境闲适，与"采菊东篱下"有异曲同工之妙。"徐""虚""惊""碍"都是细腻之词，不能算波澜，只能算心起涟漪。诗人有没有把自己比作鱼？应该有心向往之之意。心已定，神向远，是此诗作的意义和价值所在。再来看《打渔》：

> 岸村秋水上，江晓打渔舟。
>
> 起网星捞尽，一篷烟未收。

写身边小景小感，有诗情画意。"岸村秋水上，江晓打渔舟"是一幅秋景小图，有近有远，有动有静，有虚有实，也有浪漫写法。"江晓""网星"，从早写到晚；"打渔"与"捞星"是现实主义与浪漫主义相结合。"起网星捞尽"这句写得好，"起网星捞"是诗人的首创，很有想象力，也

增加小诗的文学性。"一篷烟未收"更用了高超的修辞手法，"篷"对应上句的"舟"，此物指代此物。"烟"指代何物，就需要读者去想象了。这个"烟"字也是全诗精妙之处，具体指向，可能略显俗气，朦胧之意更显大气。诗人尽可能把看到的小景写出大情大悟，把"江"改成"湖""河""塘""沟"味道大不同，把"烟"改成"鱼""渔""什"，味道大不同。人生就是这样，你站的地方就是宇宙的中心，你看的场景就是世界。俗话说心有多大，世界就有多大。匆匆只是过客，生死只是轮回瞬间，悲欢离合只是一刹，这是诗人蕴含在小景诗中的哲学大思考。还有一首写《大雪》的诗：

> 茫茫寂山籁，连日雪飞飘。
> 一色无深浅，混同难比高。

有气势有思考。"茫茫寂山籁"一句蕴含丰富，"茫茫"写出视觉之感，"籁"写出听觉世界，"寂"写出心中感觉，一句写出通感，可见诗人驾驭语言的功力！"连日雪飞飘"三个动词写出雪之大，之急，之美，也写出诗人淋漓酣畅的感受。"一色无深浅"又是一句极具哲学意蕴的话，看似大白话，实则蕴含大道理，也为下句做铺垫，"混同难比高"这才是诗眼句，也是诗人写"大雪"的意义所在，雪的大道理显而易见。诗人抓住了自然瞬间，揭示人生哲理。

蕴含六：动静相融合，主客观一体

人生在世，最大的幸福莫过于"无病痛与无纷扰"，其实就是我们人类对"静"的渴求，唯有"动"才能带来"静"的希望。唯有"静"才能融入"动"的洪流，寓静于动，一动一静，动静融合，才能实现主观世界和客观世界的一体化。《竹斋听雨》就是取义于动静结合，主客一体。如《夜读》：

> 中夜虚堂静，书读第几章。
> 蛩声无辨处，明月上东窗。

是写静的一首诗，不仅开篇"中夜虚堂静"直接写静，场景、时辰也是静，"中夜""虚堂"都是静的客观世界。下文中的"书读""蛩声""月上"都是动词，但是更加衬托出"静"的客观存在。四段诗句都写出夜读的静，有没有动呢，自然是有的，诗人的心是动的，心在感知夜的静、书的静、月的静、窗的净。这是诗人的主观世界。只有动静融合，才觉得主客观一体，甚至不觉得人间世事的存在，书读到第几章，都不知道，可见痴迷、融入、沉醉，难道这不是忘我的境界，更是人生的追求。来看《宿白沙沟闻寺鼓》：

> 开卷夜三更，山门答鼓声。
>
> 细听得良悟，点亮是心灯。

这首写夜读的诗，诗人夜宿白沙沟，"开卷夜三更"，三更半夜方读书，是不是三更时分呢，诗人在此处有虚写之意，"山门答鼓声"是不是三更呢，显然不是，谁三更半夜答鼓呢，答鼓是文人之间送行的礼节，多出现于清晨或者傍晚，谁三更半夜送行友人呢。仔细想，诗人读书入迷，误把清晨当三更，与张继的"夜半钟声到客船"有同义。这种手法用在读书人的静和动，最恰当不过。下一句"细听得良悟"顺理成章，听到送友的答鼓，与读书之感悟，相映成趣，互为交融，主客观一体。"点亮是心灯"，是诗人读书的境界和心得，也是夜宿白沙沟的收获，不仅读到书，也听到答鼓，留诗记忆，是为人生所悟。

《竹斋听雨》是一本哲学诗集，诗虽小但蕴含着哲学大道理，细细品来，耐人寻味。诗人用自己的发现和感悟，传达对人间世事的观察和思考，也许有出世之感，更有入世的积极人生态度，从诗人的一生来看，还有很多启迪，很多感悟，很多人生哲学思考。诗中蕴含诗人一生所求，一生所悟，是自言自语，也是与心的对话，亦师亦友，知音尽在诗文之中，静静听雨，方能洞观竹斋大世界。

随手采撷，皆是净化，诗意爆棚，对竹斋心向神往，愿择机与诗人一同听雨。

陈宏坤

2023 年 5 月 3 日于郑州